心语新语

一花一世界，一叶一菩提：人生
上善若水，厚德载物：德善
桃之夭夭，灼灼其华：识吾
一壶酒，一杆身，小桥流水慰风尘：琐味
天涯相逢处，交契重河山：遇见
大勇至千里，大智绝江河：处世
山重水复，赏花飞马，快意天涯：心态
千山雪里，寒育松梅：磨难

主　编　贾玉亭
副主编　树　柏　赵钰琳

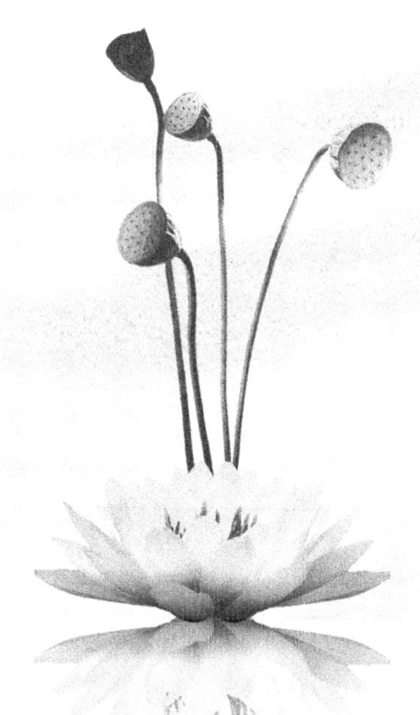

吉林大学出版社·长春·

图书在版编目（CIP）数据

心语·新语 / 贾玉亭主编. -- 长春 : 吉林大学出版社, 2020.9
ISBN 978-7-5692-7723-4

Ⅰ. ①心… Ⅱ. ①贾… Ⅲ. ①随笔—作品集—中国—当代 Ⅳ. ①I267.1

中国版本图书馆CIP数据核字(2020)第224484号

书　　名：心语·新语
XINYU·XINYU

作　　者：贾玉亭　主编
策划编辑：田茂生
责任编辑：张树臣
责任校对：单海霞
装帧设计：刘　瑜
出版发行：吉林大学出版社
社　　址：长春市人民大街4059号
邮政编码：130021
发行电话：0431-89580028/29/21
网　　址：http://www.jlup.com.cn
电子邮箱：jdcbs@jlu.edu.cn
印　　刷：北京金特印刷有限责任公司
开　　本：787mm × 1092mm　1/16
印　　张：19.5
字　　数：105千字
版　　次：2020年9月　第1版
印　　次：2020年9月　第1次
书　　号：ISBN 978-7-5692-7723-4
定　　价：68.00元

版权所有　翻印必究

写在前面的话

2018年秋，朋友汪总拉我进了他建的一个叫“巧缘北京”的微信群。进群里不久，一位叫树柏的网友引起了我的注意，他每天在这个群里编发一款“早知天下事”的帖子。内容涵盖了国内外的最新要闻。其中最吸引我的还是每个帖子最后编发的那段“心语”。每天一条百十来字的短文，每条一个话题，内容或为催人奋进、劝人向善的，或为教人如何待人接物、为人处事的。语言凝练，文字隽美且富有哲理，读来让人赏心悦目、爱不释手。于是我便把这些“心语”摘录下来，转发到其他微信群里，分享给众多的朋友。一年多来，天天如此，从未间断。

这些“心语”转发出去之后，在众多网友中引起很好的反响，点赞、叫好声不断。比如：我的一个发小，几天收不到“心语”就冲我催要，他告诉我不是他要，而是他群里的朋友盯着他要；一位老学长告诉我，这些“心语”他非常喜欢看，还专门准备了一个小本本，把每天收的“心语”工工整整地抄录下来；还有一个学弟对我说，他每天都要把我发给他的“心语”一条不落地转发给他在清华读博士的儿子。更让我感动的是，许多朋友纷纷把它们收集到的“每日心语”“静思晨语”“早安心语”等类似的内容源源不断地提供给我；经过日积月累，我这里便形成了一个颇具规模的“心语库”。还有一位我至今未曾谋面的远在多伦多的师姐，细心地把每个月我发的“心语”编辑整理成一个压缩版的“心语合集”，并如期发给我，为我建这个“心语库”提供了极大的便利。

2019年底，不少同学和网友纷纷鼓励我把这些“心语”编辑整理出来印一本书。沈阳一位老同学甚至慷慨地表示：“编辑的事你来做，费用我给你出，尽快地把它印出来！”在大家的热情鼓励和鞭策下，并征得树柏先生的同意和支持后，我终于下决心要把这本书编辑出来。《礼记·大学》有云：“苟日新，日日新，又日新。”每日“心语”同时寄望勤于自省，不断革新，所以把书名定为《心语·新语》。

得知我要牵头编辑这本书，一位在中国华侨出版社工作的小师妹自告奋勇给我当“助理”，主动承担前期的条目筛选和分类整理工作。春节之前，我见到了吉林大学出版社的

张显吉社长，向他汇报了我要出这本书的打算，显吉社长非常支持，还特意找到与他们出版社有协作关系的北京人天书店的邹进董事长和历铭传媒CEO李战刚博士，请他们对这件事给予支持和配合。这本书最终在人天书店旗下的历铭传媒和吉林大学出版社提供的出版支持下得以落实。

本书虽然是我牵头编辑整理的，但之所以能成书出版，实在是大家共同努力的结果。书中的每一个条目，无不饱含着众多原创作者的辛勤劳动；全书从内容的日积月累，到出书的酝酿、策划、编辑、出版，都离不开许多热心朋友的关心、支持和配合，可以说它是一本集诸多朋友大爱的结晶。

就在该书的编辑工作接近尾声的时候，我终于联系上了北京大学的赵钰琳先生。他是“每日心语”的撰写者和收集者，在书中所占的篇幅仅次于树柏先生。所以，征得树柏和赵钰琳二位的同意后，我把他们列为本书的副主编。在此谨向各位原创作者和众多热心朋友表示诚挚的谢意：谢谢大家！

贾玉亭

2020年6月于北京

[illegible]

2020年6月于北京

目　录

第一篇　一花一世界，一叶一菩提：人生 / 1

第二篇　上善若水，厚德载物：德善 / 49

第三篇　桃之夭夭，灼灼其华：识吾 / 75

第四篇　一壶酒，一杆身，小桥流水慰风尘：琐味 / 111

第五篇　天涯相逢处，交契重河山：遇见 / 141

第六篇　大勇至千里，大智绝江河：处世 / 187

第七篇　山重水复，赏花飞马，快意天涯：心态 / 233

第八篇　千山雪里，寒育松梅：磨难 / 277

第一篇

一花一世界，一叶一菩提：人生

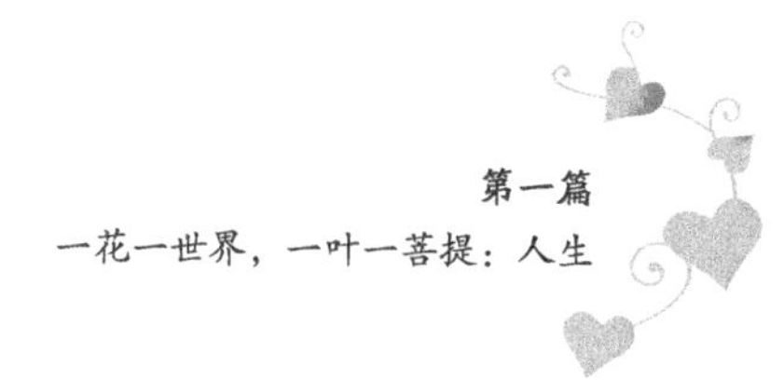

同样的路，有人敢走，有人不敢。

走不走，不是路说了算，要看自己有没有那个胆。

人生，敢闯，才有机会。

敢拼，才有未来。

人的一辈子不可能一帆风顺。

雨再大，也有停的时候，再浓的乌云也遮不住微笑的太阳。

不苦不累人生无味，不拼不博人生白活。

坚持信念，找准方向，站对平台，
懂得感恩，诚信为人，坚持不懈，梦想终会成真。

为了梦想，坚持努力，一定成功。

人生的路需要我们一步步去丈量，
不论经历多少风雨，多少坎坷，多少荆棘，
我们都得坚持走下去。

不经历风雨的洗礼，怎能见到彩虹的绚丽？

人活一世，有几个人不曾经历过坎坷磨砺？

人生路上，谁也不可能总是顺风顺雨，抑或艰难崎岖。

与其将一些繁杂琐事耿耿于怀，
纠结于心，不如看淡、看轻、顺其自然。

心若豁达，生活处处有奇迹，就看你是否懂得去珍惜。

每当黎明的太阳升起，美好的一天又开始了。

把握当下，珍惜时光，铭记初心，脚踏实地，
幸福的生活要靠拼搏奋斗而获得。

一分耕耘，一分收获，人的一生，
没有一项工作是不需要努力而能轻易成功的。

舞台再大，你不上台，永远是个观众；
平台再好，你不参与，永远是个旁听者；
能力再强，你游手好闲，只能看别人的成功。

新的一天从继续奋斗开始，
展翅飞翔，迎接属于自己的辉煌。

这一生，平凡也好，精彩也罢，我们都是天地间的过客。

这一生，圆满也好，遗憾也罢，我们都是时光中的行者。

百年之后，谁也拿不走一分财富，
谁也捎不走一点功禄，谁也带不走一草一木。

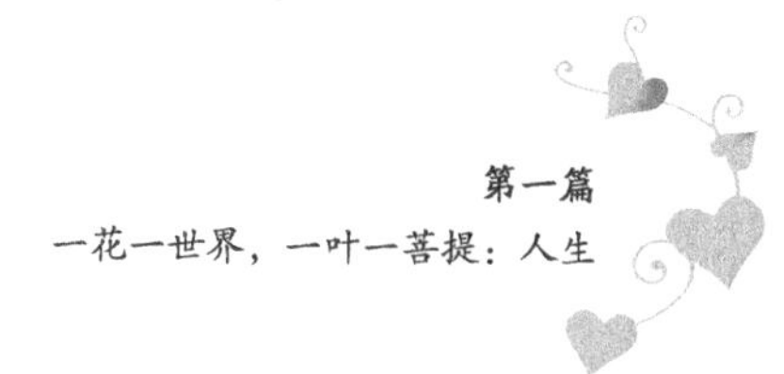

珍惜今生，请对身边的人多一份善待。

不论是亲人，还是朋友，我们只有这一辈子的相守。

珍惜每一天，好好地活着；珍惜每一个人，好好的处着；
珍惜每一段缘，好好地守着。

珍惜该珍惜的一切，别给今生留下任何遗憾。

人生，一边拥有，一边失去；一边选择，一边放弃。

今天陌生的，也许是昨天熟悉的；
现在记住的，也许是以后淡忘的。

生气，只会让忧伤更加扩大；
冷战，只会让矛盾无限升级。

有些选择无可奈何，有些失去命中注定。

过去就过去了，无法继续就改变；
失去就失去了，无法拥有就转身。

暖一颗心需要很多年，凉一颗心只要一瞬间。

与其苦苦追求，不如一笑而过；
与其无法释怀，不如优雅转身。

心语·新语

生活中本就充满了失望，不是所有的等待都能如愿以偿。

你且笑对，不必慌张。

有喜有悲才是人生，有苦有甜才是生活。

再大的伤痛，睡一觉就把它忘了。

背着昨天追赶明天，会累坏每一个当下。

边走边忘，才能感受到每一个迎面而来的幸福。

烦恼不过夜，健忘才幸福。

一个人行走在世间需要两种能力：好好说话和稳定情绪。

一个人的自愈能力越强，才越有可能接近幸福。

做一个寡言却心有一片海的人，
不伤人害己，于淡泊中，平和自在。

人别想太多，想太多受折磨；心别装太多，装太多受委屈。

只要活着，就没有一帆风顺的。

只要交往，避免不了争争吵吵。

只要干活，就少不了误会隔阂。

事，想开了最好，想不开就放弃，尽心了努力了就无遗憾。

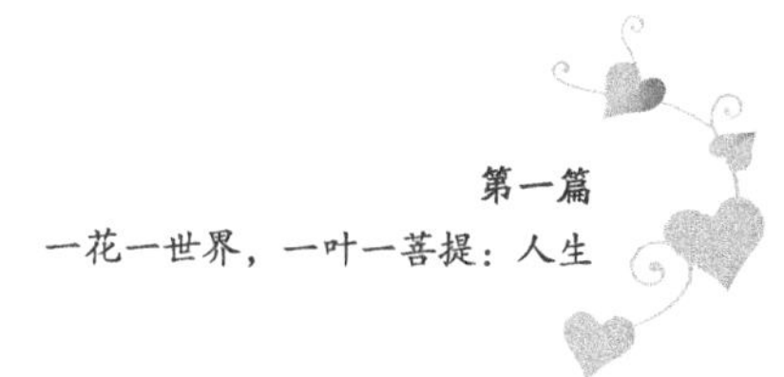

路，走通了就好，走不通就绕行，付出了争取了就不后悔。

来这个世界 遭，要对自己好一点，
开开心心，别折磨自己，快快乐乐，别辜负生活。

人生常叹世事无常。

有些事，上一秒始终如一，下一秒变化无常。

山有峰顶，海有彼岸；漫漫长途，终有回转；
余味苦涩，终有回甘。

面对无常，宠辱不惊，看庭前花开花落，望天上云卷云舒。

对事对物，得之不喜、失之不忧；
对名对利，得失不惊、去留无意。

无常，是生命的常态，无法避免，无处躲藏。

酒至微醺，花开半朵，是对待无常最好的状态。

三十年河东，三十年河西，
世事无常，莫欺人，莫负己，莫张扬。

人生如一本厚重的书，
有些书是没有主角的，因为我们忽视了自我。

有些书是没有线索的，因为我们迷失了自我。

有些书是没有内容的，因为我们埋没了自我……
一生辗转千万里，莫问成败重几许。

得之坦然，失之淡然。

与其在别人的辉煌里仰望，不如亲手点亮自己的心灯，
扬帆远航，把握最真实的自己，才会更深刻地解读自己……
面向太阳吧，不问春暖花开，只求快乐面对。

透过洒满阳光的玻璃窗，蓦然回首，
你何尝不是别人眼中的风景？

人生三万天，过一天少一天，
这辈子，注定是无法重来的一生。

不畏将来，不念过去，活好当下，如此，便不负此生。

人生，是一趟单程车，有去无来回；
时间，是一个同心圆，带走又馈赠。

时间是生命最好的沉淀，历程是人生最久的见证。

岁月结茧，往事如风，几经辗转，岁月沧桑。

历经世事，眼中有天地；看淡人事，心中无是非。

心宽犹似海，温暖如朝阳。

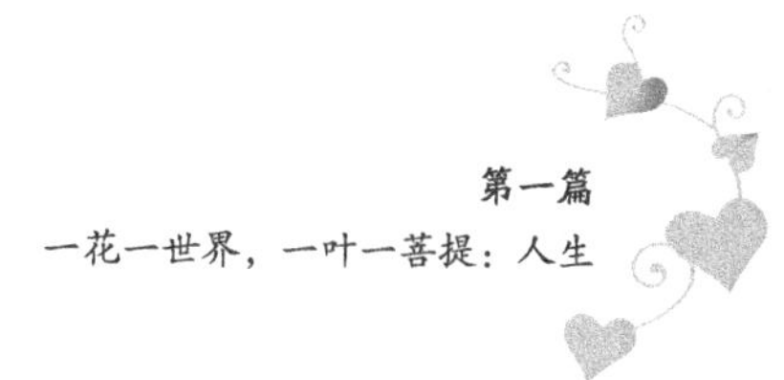

不强求、不刻意，顺其自然，随遇而安。

慌乱时镇定自若，忧愁时从容自如，
艰难时顽强拼搏，胜利时沉稳谦和。

如此，经得起大风大浪，扛得起大起大落。

人活着，没必要凡事都争个明白。

水至清则无鱼，人至清则无朋。

跟家人争，争赢了，亲情没了；跟爱人争，争赢了，感情淡了；
跟朋友争，争赢了，情义没了。

争的是理，输的是情，伤的是自己。

黑是黑，白是白，让时间去证明。

放下自己的固执己见，宽心做人，舍得做事，
赢的是整个人生；多一份平和，多一点温暖，生活才有阳光。

人生当有度，过则为灾。

凡事当有度，物极必反。

该进的时候要进，该退的时候要退。

不知进退，就是取祸之道。

虚心过头就成为虚伪；自信过头就成为傲慢；
原则过头就成为僵化；开放过头就成为放纵。

说话做事也好，工作娱乐也罢，
如果不能做到进退有度，取舍有度，
就很可能陷入全则必缺极则必反的窘境中。

再见2018，放下执念，往事清零。

原谅那个不够完美的自己，扔掉那些不切实际的目标，
断掉那段不太舒服的交往，告别那份不怎么痛快的感情。

前行2019，照顾好自己，温暖好家人，
不必逞强，不必硬抗，别再熬夜宿醉，不再暴饮暴食。

怀揣期待，静心努力，读万卷书，
行万里路，好好吃饭，适量运动，赏美景，陪父母。

岁岁常欢愉，万事皆胜意，
常开心，常欣喜，有趣有盼，无灾无难。

人间的路，深一脚，浅一脚，步步都是故事；
人间的缘，善一段，恶一段，段段都是注定；
人间的事，明白一时，糊涂一时，时时都有因果！

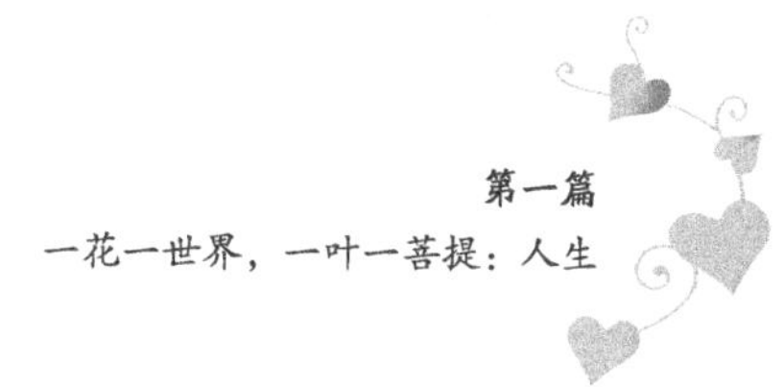

每个人背后都有别人体会不到的辛苦，
每个人心 里都有旁人无法感受的难处，
无论别人眼中的你是什么样子，
应时刻信守，做永远善良的自己！

人活一世，不必太较真。

活得糊涂一点，活得自在一点，活得随性一点。

钱财利益上糊涂一点，不伤和气；
人情算计上糊涂一点，无愧良心；
争名夺利中糊涂一点，不费脑筋；
流言蜚语里糊涂一点，不累耳根。

人生不满百，何必千岁忧。

余生就要：糊涂地过，快乐地活，知足地乐。

我们这一生，每个人都有必须要走的路。

荆棘也好，平坦也罢，都容不得你我逃离。

我们这一世，每个人都有难释怀的酸楚。

疼痛也好，感慨也罢，都要你我必须承受。

时间带走了很多，时间证实了很多。

心语 · 新语

品尝了思念的痛，更珍惜相处的时光。

看透了人情冷漠，更珍惜真挚的感情。

新的一年，只求相处不累，
和坦诚的人交朋友，和真心的人在一起。

我喜欢这段话：
人往往在贪欲中失去幸福，在忙碌中失去健康，
在怀疑中失去信任，在计较中失去友情。

人不争，一身轻松；
事不比，一路畅通；心不求，一生平静。

每个人都有自己的活法，没必要去复制别人的生活。

有的人表面风光，暗地里却不知流了多少眼泪；
有的人看似生活窘迫，实际上却过得潇洒快活。

幸福没有标准答案，快乐也不止一条道路；
收回羡慕别人的目光，反观自己的内心。

自己喜欢的日子，就是最好的日子；
自己喜欢的活法，就是最好的活法。

以清净心看世界，以欢喜心过生活，
以平常心除挂碍，以柔软心生情趣。

心若简单，人就快乐。

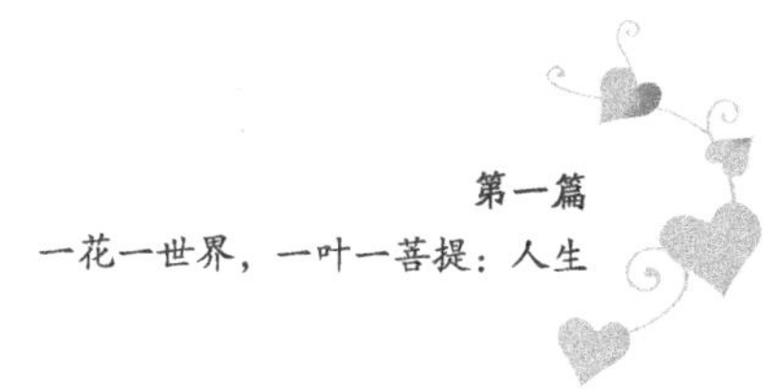

给别人留一份宽容，给自己留一份平和。

别强求，别计较，别死撑，放下看淡，顺其自然。

不要把烦恼挂在嘴上，因为它只会让快乐对你绕道而行；
不要把怨恨种在心里，因为它只会让阳光照不进你的心房；
不要把忧郁传给别人，因为它只会让孤寂成为你的影子；
不要把悲伤挂在脸上，因为它只会挤占本属于美丽的地盘。

从自己的内心而活，才是最好的生活。

人生最可怕的不是眼睛看不见了，而是心失去了方向。

如若心中有彼岸，梦想之帆迟早会扬起；
如若心中有不灭的灯塔，即使九死一生，希望仍在。

护好心灯，让它长明，人生就有希望。

人生就是这样，得失无常，祸福互依。

凡是路过的，都算风景；占据记忆的，皆是幸福。

挫败让人坚强，别离令人珍惜，伤痛使人清醒。

痛过，笑过，伤过，哭过，或深，或浅，
都是生命中的一段痕迹。

心语·新语

放下过去，才能前行；看淡名利，才能快乐。

人生之路，欲壑难填，别总不满。

看开看淡，珍惜眼前。

算计你的人看重你的利益，爱护你的人关心你的冷暖。

活着，就要干干净净；日子，就要踏踏实实。

贪图太多，心便越来越黑；追求太多，人便越来越累。

学会放下才轻松，懂得知足才幸福！

日子就像天气，不会总是晴天，也不会一直阴雨。

不必总是为生活中无关紧要的人和事为难自己。

珍惜那些值得珍惜的人，去做那些自己热爱的事，
过好自己真正喜欢的生活，只此一世，
要活出自己最热烈肆意的姿态。

你要记得，生活是你自己的，喜怒悲欢都该由你自己决定。

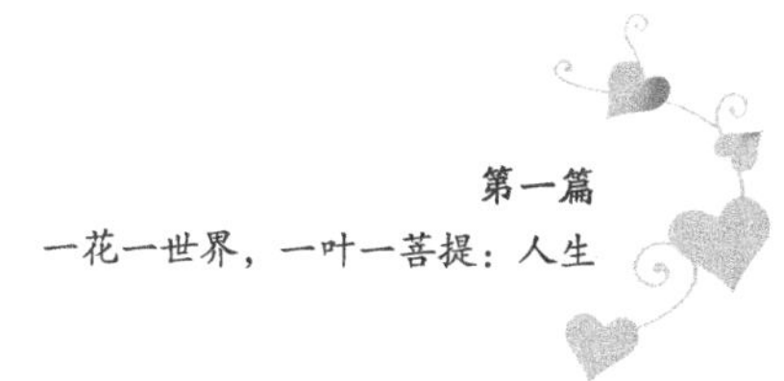

非常好的四句话：什么叫幸福？
白天有说有笑，晚上睡个好觉。

什么叫智慧？安排的事能做好，没安排的事能想到。

什么叫情商？
说话让人喜欢，做事让人感动，做人让人想念。

什么叫正能量？给人希望，给人方向，给人力量，
给人智慧，给人自信，给人快乐。

花朵开了，迟早会谢；时光走了，不会再来。

惜该惜之人，做该做之事。

话再漂亮，不守诺言，也是枉然；
友情再浓，不懂珍惜，也是徒劳。

人生，因缘而聚，因情而暖，因淡而散，因诚而合。

人的一生，究竟有多少沟坎要独自跨越，
又有多少遗憾留给岁月，
绚烂的花朵、成熟的身心，来自多年的磨砺；
人放松、心放平，让生活轻松，让生命丰厚。

人活着是一种情怀，也是一种心态。

人生在世，一切都是机缘，离开有离开的道理，
失去有失去的理由，离开就是缘尽，
失去就是缘去，人生聚散离合，就是缘来缘尽。

生活是一件艺术品，每个人都有自己最美的一笔，
每个人也都有不尽如人意的一笔，人没有最好，
有德天地高，人生有尺，做人有度。

远处是风景，近处是人生。

生活不会总如意，人生不会都圆满。

幸福与快乐，来自看得远、想得开、悟得透。

生活会有磕磕碰碰，总有些遗憾留给岁月；
人生会有起起落落，总有些哲理需要领悟。

人生，一程山一程水，跋涉着艰辛；
生活，一杯喜一杯忧，品尝着苦辣。

历尽世事应当明白，眼前拥有的应该好好珍惜。

人生，欲壑难填，别总不满；看开看淡，珍惜眼前。

别让钱控制你的思想，做出遗恨终生的事。

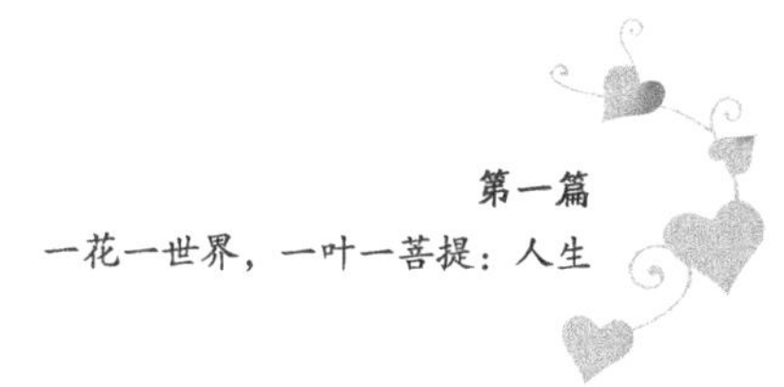

别让贪腐蚀你的良心，做出家崩亲离的事。

活着要简简单单，日子要踏踏实实。

欲望太强，心便越来越贪；追求太多，人便越来越累。

学会放下才轻松，懂得知足才幸福。

人生如车，或长途，或短途。

人生如戏，或喜，或悲。

很多事，过去了，就注定成为故事。

很多人，离开了，就注定成为故人。

生命中的故人，积攒的故事，这些都是历练。

人就是在历练中慢慢成熟的。

一些事，闯进生活，高兴的，
痛苦的，时间终将其消磨变淡。

经历得多了，心就坚强了，路就踏实了。

不知不觉，父母渐老，孩子长大。

自己，黑发中隐隐泛白，眼角处皱纹爬满。

看透了人心的冷漠，经历了现实的残忍，
发现了自己的宝贵。

钱要自己赚，活要自己干，伤要自己养，苦要自己担。

剩下半辈子，要对自己好。

身体不比当年，必须好好爱护；
心灵别受作践，必须认真呵护。

别睡得太晚，别爱得太满，别想得太多，别心情灰暗！知足

点，看淡点，心宽点，健康点，活好后半辈子！

高度不一样，你的胸怀和格局不一样，
你从20楼往下看，全是美景；
但你从2楼往下看，全是垃圾。

人若没有高度，看到的都是问题；
人若没有格局，看到的都是鸡毛蒜皮。

生活里，有些人喜欢从自己的身上找问题，一想就通了；
有些人习惯从别人的身上找理由，一想就疯了。

想做大事的人，从来不会在烂事上纠缠；
绝境之外，必有新天地。

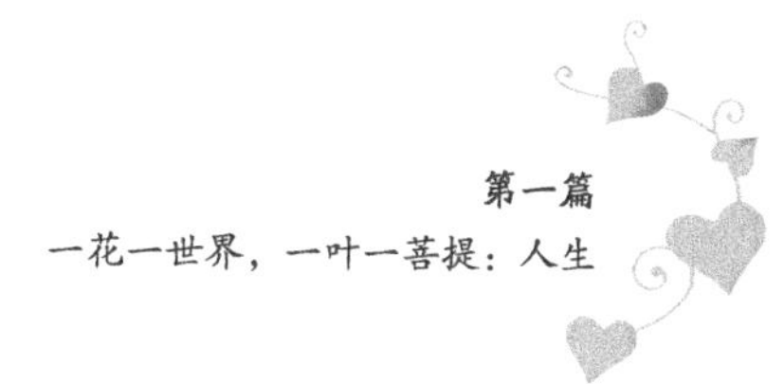

世间事，世人度；人间理，人自悟。

面对伤害，微微一笑是豁达；面对是非，不去理会是一种超凡。

真正的宁静，不在他乡净土，而在于自己的内心。

尽心了，尽力了，无愧就好。

得到了，失去了，知足就好。

没有释怀不了的往事和旧情，只有不愿放下的过往和回忆。

学会释怀一身轻，无悔亦无惧。

人生苦短，何必在无谓的事情上，纠缠不休，徒添不快。

心随念走，身随缘走。

人生过的是心情，生活活的是心态。

人身体之病疾，自己难医；人心情之病疾，快乐可治。

心灵的愉悦，来自精神的富有；
简单的快乐，来自心态的知足。

随缘而定，随遇而安。

事看得太清，易乱于心；
人看得太真，易困于心；情看得太重，易伤于心。

痛了，自己抹平；伤了，自己抚平。

生命不过几十年，世事不必看得太分明。

尽力了，也就无憾；尽心了，也就无怨。

人生，贵在看淡；生活，难得糊涂。

走过小半生的光阴，终是懂得，
一些东西放弃了，其实根本未曾拥有过；
一些东西得到了，其实也终将失去。

时间总是这样，赠人阅历的同时，
也把更无情的沧桑和醒悟随手相赠。

人是很奇怪的动物，思绪千变万化，
心情百转千回，总有悲欢交集的时候，
总有美丽与哀愁比肩的时刻。

是谁说：待到老去，老到一无所有的时候，
就慢慢咀嚼回忆度日。

做人，凭良心，莫贪心。

活着，不是用来煎熬的，而是用来经历的；

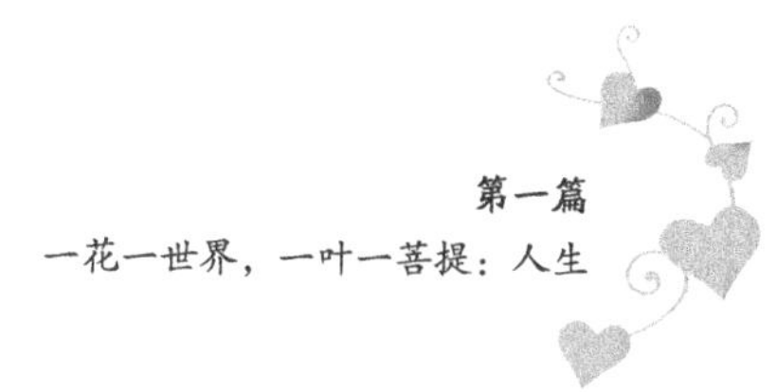

不是用来感受痛苦的，而是用来收获快乐的。

做人，凭真心，莫虚假。

有恩报恩，必有回馈；以心换心，必有相随。

眼睛是用来欣赏美好的，不要盯人是非；
嘴巴是用来吃饭谈情的，不要论人长短。

成熟是一种明亮而不刺眼的光辉，
一种圆润而不腻耳的声响，
一种不再需要对别人察言观色的从容，
一种终于停止向周围申诉求告的大气，
一种不理会喧闹的微笑，
一种洗刷了偏激的淡漠，
一种无须声张的厚实，一种并不陡峭的高度。

细数流年，频频回眸，过往的千回百转，
到最后都成了风轻云淡的念想，
曾经的风烟往事都成了茶余饭后的闲话与聊侃。

人生聚散无常，生活充满变数，走过了，便从容；
放下了，就轻松。

没有经历，就没有体悟；没有领悟，就不会珍惜。

那些看似浅显的道理，非要亲历过，才能深悟；

心语·新语

非要亲为过，方可领会。

总把今日过成昨日，人生只会成为旧时光的重复。

那些将过去抱得太紧的人，腾不出手来拥抱现在。

请记住，没有来不及的改变，只有拒绝改变的借口。

坚定地、勇敢地向前走吧，相信自己，现在就是最好的时机。

不跟时间较劲，也不跟岁月骄矜，
你终会活成自己期待的样子。

生命经不起折腾，人生经不起等待。

感情等久了会变质，机会等久了会消失；
健康不能等，身体一旦垮了，拥有再多都没有意义；
教育不能等，幼苗一旦歪了，成型以后再难纠正；
孝心不能等，父母一旦走了，子欲养而亲不待。

人生匆匆，千万别等。

生命无常，别留遗憾。

珍惜眼前，把握当下，
开心地活，轻松地过，才是人生最重要的事情！

一生很短，没必要斤斤计较；时光如梭，没必要事事比较。

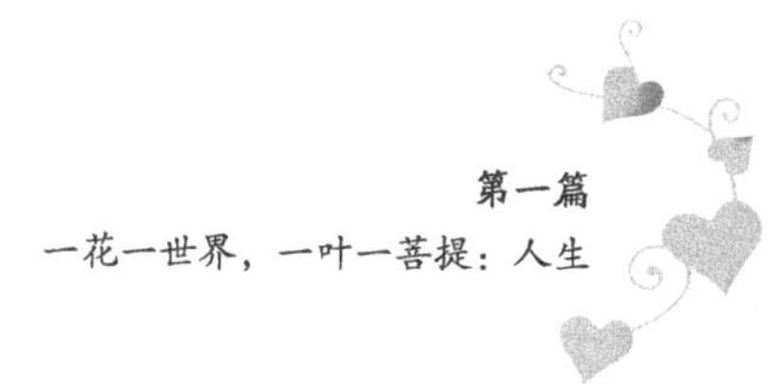

有些事弄不懂，就不去懂；有些人猜不透，就不去猜；
有些理想不通，就不去想。

不愉快的过往，折叠收藏；不开心的事情，悄悄丢弃。

拼也好，闲也罢，都是瞬间。

给自己一份乐观，保持最真的情怀；
给自己一份平和，保持最好的心情。

可以不完美，但一定要真实；可以不富有，但一定要快乐！

世界混沌，人生浮躁。

要经得起谎言，受得了敷衍，忍得住欺骗，忘得了狂言。

坚持未必是胜利，放弃未必是认输。

与其华丽撞墙，不如优雅转身，给自己一个迂回的空间。

学会放下，学会看淡，学会改变。

人生很多时候，需要的不仅仅是执着，更是回眸一笑的洒脱。

人生是很累的，你现在不累，以后就会更累。

人生是很苦的，你现在不苦，以后就会更苦。

没人在乎你的落魄，没人在乎你的低沉，

更没人在乎你的孤单，但每个人都会仰视你的辉煌。

天空不会因为一个人的眼泪而布满乌云，
世界更不会因为缺少谁而失去色彩。

没有靠山，自己就是山。

没有天下，自己打天下。

这世界从来没有什么救世主，只有成功能证明你的存在。

很欣赏这样一段富有哲理的话。

家庭：有爱，就是港湾；无爱，便是牢笼。

金钱：花了，才有价值；存着，只是数字。

人生：用心了，才是生活；不用心，只是活着。

时间：珍惜了，就是黄金；浪费了，就是虚度。

书本：掌握了，就是知识；荒废了，就是废纸。

不必为过去的旧情耿耿于怀，再好，都是过去；
再美，都是曾经。

昨天的太阳，晒不干今天的衣裳；
过好每一个今天，才是快乐人生！

生命中的每一刻都是如此美丽而珍贵，

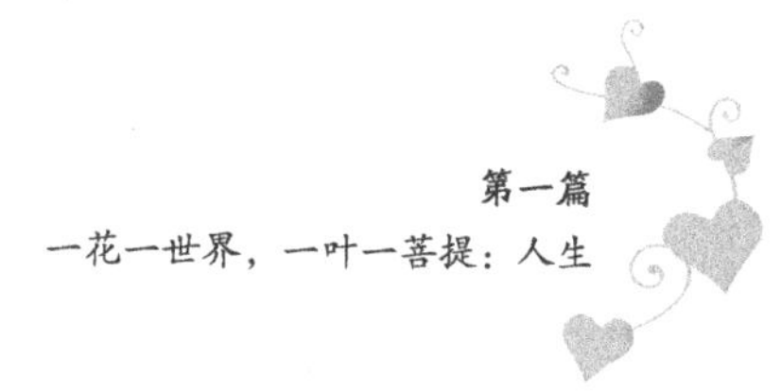

只要我们站在最为适合、最为恰当的角度去看待一切。

只要我们时时怀着一颗感恩的心，
去面对生命中的曲折坎坷，无论多大的风雨，
无论有多少艰难险阻，都可以勇敢地去面对，
去接受，去挑战，去突破，决不轻言放弃。

唯有怀着一颗感恩的心，我们才会更加珍惜自己的生命，
更加热爱自己的事业，更加珍爱我们的亲人和朋友。

有些看似清淡如水的寻常点滴，
回头想想，才顿觉值得一生追忆，终生回味。

人的一生，好多的事，好多的缘，错过就是一生。

人生的棋子，一步错，步步错。

有时不由地感叹，生而为人，许多的经历真的与结果无关，
很多的章节只是人生故事里的小小插曲，
无关初始，无关结局。

人生需要“归零”。

每过一段时间，都要将过去清零，让自己重新开始。

不要让过去成为现在的包袱，轻装上阵才能走得更远。

人的心灵就像一个容器，时间长了里面难免会有沉渣。

时时清空心灵的沉渣，该放手时就放手，该忘记的要忘记。

扔掉过去的包袱，时时刷新自己，这样必能收获满意的人生。

不要叹息命运的坎坷。

因为大地的不平衡，才有了河流；
因为温度的不平衡，才有了万物生长的春夏秋冬；
因为人生的不平衡，才有了我们绚丽的生命。

慢慢地你就会明白，人生，原来就是一个懂字。

世间的情，冷与暖总会有；人生的路，难与易都得走。

生活从来不易，心境逐渐坚强。

有些事，想开了就是天堂，想不开就是地狱。

想开一点，很多事不值得总放在心间；
看淡一点，很多人不值得太过在乎。

用加法爱人，用减法怨恨，用乘法感恩，用除法解忧。

下好自己的棋子，演好自己的角色，
健康地活着，真情地过着。

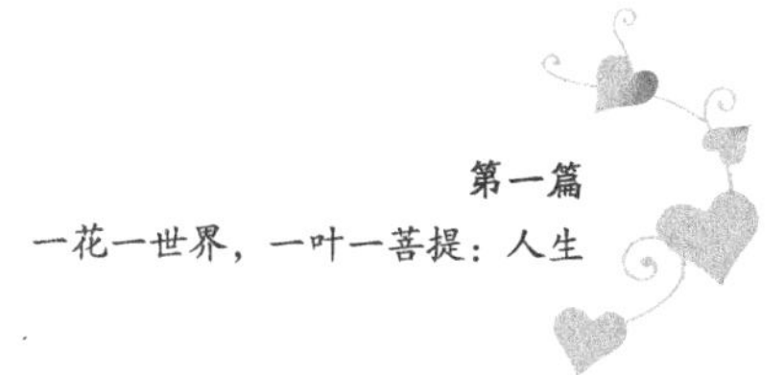

做不成太阳，就做最亮的星星；
成不了大路，就做最美的小径；
成不了明星，就做平凡的百姓。

花开花落，那是起伏的人生；
波峰波谷，那是燃烧的生命；
顺风逆风，那是岁月的感悟；
秋去冬来，那是别致的风景。

人生，有阳光，也有风雨。

生活，有意外，也有惊喜。

顺境和逆境不可缺，成功和失败总常在。

我们都很累，忙不完的工作，干不完的事情。

有很多责任，不得不背，有太多委屈，不得不藏。

累，说明我们有担当，忙，说明我们有能力。

不累，何来硕果，不忙，何来财富。

你累，你忙，都不是白费，总会换来丰厚的回馈。

为了幸福，我们必须努力，为了梦想，我们必须坚强。

有一种智慧叫放下。

人到中年，该放下就放下。

放下负担，奔向新生命；放下过去，开启新生活。

有种心态叫放宽。

宽心做人，多一份平和；舍得做事，多一点温暖。

有种善待叫放手。

儿孙自有儿孙福，儿孙自有儿孙路。

事必躬亲，累了自己，害了子女。

适当放手，既是对儿女的一种信任，
也是对自己的一种善待。

人生的追求，不外乎物质的富裕和精神的富有。

其实，人们对物质产品的消费是十分有限的，
所以，人世间的东西，一半是不值得争不需要争的。

我们真正要追求的，并不在于比别人拥有更多的钱财，
或者比别人站得更高，而在于不断超越从前的自我。

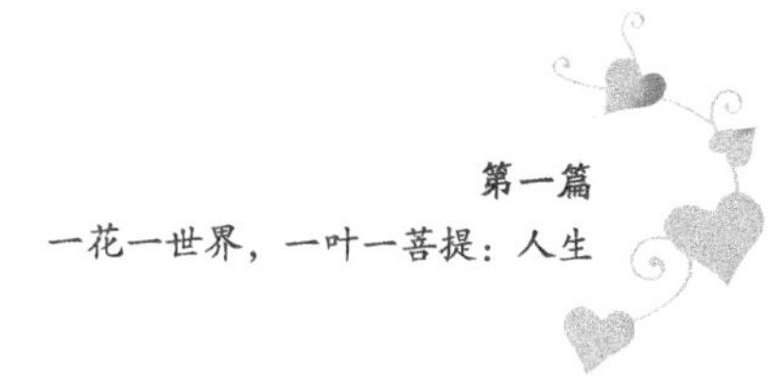

不管何时、何地、何境，
看尽繁华才懂淡然，经历磨砺方得从容，
读懂世事才知随缘，乐观向善才能无悔。

人生就是一个饱经沧桑历经磨砺的过程。

揪不住的时光，衔不住的岁月。

一涯路程，不言苦痛，不问沧桑，
取一份随意，肩一种责任，选一种担当，不辱使命。

一如跋涉，多一点耐心；一如探索，多一点勇敢；
一如考试，多一点儿智慧。

有一颗宽容的心，你会健康一辈子；
有一颗包容的心，你会快乐一辈子；
有一颗同情心，你会平安一辈子；
有一颗童年的心，你会年轻一辈子。

人生，从来不完美。

各有各的不足，各有各的难处，
各有各的无奈，各有各的烦忧。

没必要盯着别人的生活，自怨自艾；
更不要看着别人的幸福，迷失自己。

不知足，会活得很累；求完美，会过得很苦。

你若想开，看淡一点，一切都会随风而逝；
你若轻松，乐观一点，一切都会否极泰来。

生命只有一次，或长或短；感情只有一回，或喜或悲。

人生无法预知，需要自己去体会；
生活不能强求，需要学着去面对。

知足常乐，随遇而安。

人生在世离不开这几种情况：
耐冷，世态炎凉，要随遇而安，坦然处之；
耐苦，面对苦难百折不挠，终有云开日出时；
耐躁，心静如水，不为金钱权力所累，笑看云卷云舒；
耐烦，宰相肚里能撑船，他人生气我不气；
耐忙，有点忙碌是个福；
耐辱，受点委屈也是福，免得骄傲。

所以要学会包容这个世界，感恩这个世界，知足常乐。

人生之路，要经历磨难和坎坷，要忍受痛苦与落寞。

与其哀叹抱怨，不如开怀高歌，来面对光怪陆离的大千世界。

与其愤懑不平，不如明媚心态，来迎接丰富多彩的生命旅程。

用阳光的心对待人生，所有的纷争都将烟消云散；

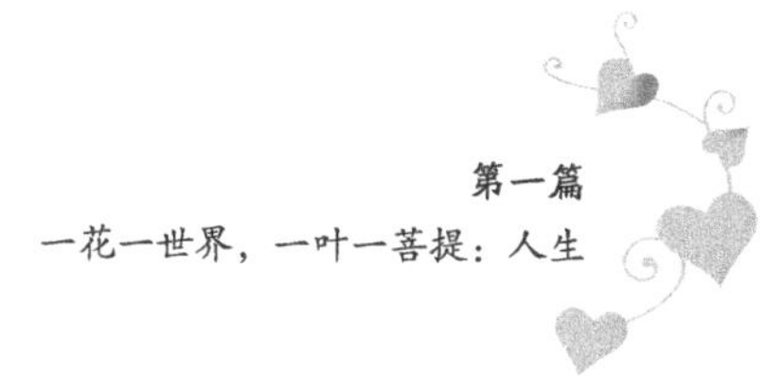

用宽容的心态处理世事，所有的矛盾都将迎刃而解；
用珍惜的心态面对亲情，所有的家庭都将和谐美满。

人生本过客，何必千千结。

踏实一些，淡看人生苦痛，淡泊名利，
一念天堂，一念地狱。

快乐本由心决定，一如空气存在，
用力呼吸才会清爽，但用力呼吸到喘息，
便生了害怕窒息之心，执着于快乐，便不快乐。

心中无尘心自安，烦恼由心而生。

同一桩事，计较得少则少忧，计较得多则多忧；
同一个问题，看到光明的一面则喜，看到灰暗的一面则忧。

风吹雨打知生活，苦尽甘来懂人生！

人在路上，鞋磨破了可以换，但路必须自己走；
喜可与人分享，但伤只能自己扛。

别为累找借口，一无所有就是拼的理由。

别为苦找不安，没有苦中苦，哪得甜上甜？

尝到了看不透的痛苦，才有了经历后的领悟；

失去了曾经的拥有，才懂得珍惜为何物。

追不上的，不追；背不动的，放下。

看不惯的，删除；渐行渐远的，挥手。

做自己想做的事，听最想听的声，见最想见的人。

人生如水，清者澈；人生如花，淡者香。

若晴天和日，就静赏闲云；若雨落敲窗，就且听风声；
若流年有爱，就心随花开；若时光逝却，就珍存过往。

人生的奔跑，既在于瞬间的爆发，更在于途中的持续。

用一颗美好之心，看世界风景；
用一颗快乐之心，对生活琐碎；
用一颗感恩之心，历人生成长；
用一颗宽阔之心，容他人过错；
用一颗平常之心，看人生得失。

看淡得失时，反倒顺风顺水；无谓成败时，反倒遇难呈祥。

不为世间五色所惑，远离混沌；
不被人生百味所迷，平静如水。

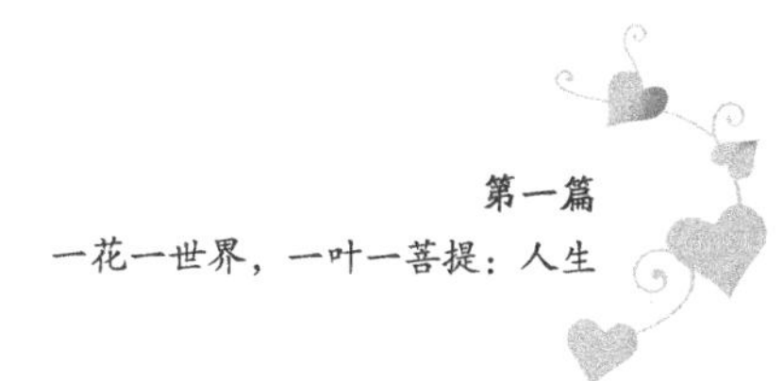

累了，不轻言放弃，放弃的不只是机会，
还有一份责任和梦想。

学会尊重、懂得感恩、知道自励。

人生就像一杯茶，不会苦一辈子，
但总会苦一阵子，没有开始的苦，就没有后来的甜。

苦苦甜甜就像是一部交响曲，汇成我们的一生。

拒绝“苦”就等于关上了“甜”的门，
须知，攀登得越高，走过的荆棘就越多。

既如此，与其忧伤地接受，不如快乐地迎接。

两种姿态，两种人生，自己的人生自己做主。

岁月匆匆，风雨兼程，
在遇见和别离间演绎着悲欢离合，在高低浮沉间脚步匆匆。

总以为念念不忘，必有回响，总以为前路漫漫，
有大把光阴可以挥霍，当清晨阳光透过窗棂，
穿过记忆，落在那些远走的时光中，
才发觉，曾经的来日方长，早已相隔千山万水。

每个人总会有一段艰难的路，

需要自己独自走完，只要心在，能走多远，
就走多远，经历所有的挫折与磨难你会发现，
自己远比想象中要强大得多。

人的一生注定无法重来，不如坦然接受，
得到或失去，都当作必然，静静地守着内心的风景，
笑看季节变换，人情冷暖。

成熟不是心变老，而是愈加淡定从容，
对于时光而言，我们只不过是一粒细小的微尘，
遵从内心的召唤，认认真真地接待，
让每一个日子都看见欢喜。

人生天地间，忽如远行客，
时间会告诉我们，简单的喜欢，最长远；
平凡中的陪伴，最心安；懂得你的人，最温暖。

短暂人生，总有一些刹那，让匆匆生命变得珍贵与绚烂；
总有一些画面，让这个世界变得高贵和多彩。

绿叶上的小露珠，可以映出太阳的光芒；
夹缝中生长的小野草，能宣示出顽强的毅力和不屈的抗争。

一生太短，爱却无疆；生命太渺小，行色匆匆，
山依旧，树依旧，脚下却不是昨日的流水。

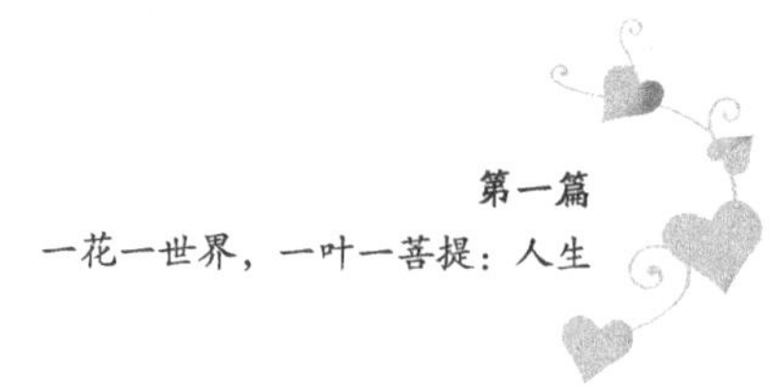

但你要相信，总有人陪你看夕阳，总有人问你茶可凉，
总有人待你温柔如许，总有人读你千遍也不厌倦。

人生有三样东西无法挽留：
生命、时间和情爱，能做的就是珍惜。

岁月难饶，光阴不逮，其实幸福，就在身边。

饿时，饭是幸福，够饱即可；渴时，水是幸福，够饮即可；
穷时，钱是幸福，够用即可；累时，闲是幸福，够畅即可。

人生，由我不由天；幸福，由心不由境。

与其寻找幸福，不如经营幸福。

人生，该抬头时当抬头，该低头时且低头。

没有谁的一生能一帆风顺，有得意，也会有失意。

走上坡路要低头，走下坡路要抬头。

抬头看天是一种方向，低头看路是一种清醒；
抬头做事是一种勇气，低头做人是一种底气；
抬头微笑是一种心态，低头看花是一种智慧。

抬头时，要保持气度和微笑；低头时，并不失人格和尊严。

心语·新语

为人处事，若抬得起头来，你就是高山；
若低得下头去，你就是大海。

尘世纷扰，充满变幻。

知足者，贫贱亦乐；不知足者，富贵亦忧。

不让心太在意得失，因为得失取舍都是生命常态；
不让心太牵挂名利，因为心中无挂碍赛过小神仙；
不让心太担负重任，因为烦恼天天有，不捡自然无。

能解决的事自然不必担心，解决不了的事担心也没有用。

人若心安，即有归处。

光阴似水，岁月蹉跎，许多人许多事，
还没有仔细看清楚，就已在似水流年里消逝。

那些曾经的微笑，曾经的忧伤，曾经的执着，
安放着我们的梦想，充实着我们的记忆。

走过世间繁华与喧嚣，阅尽人生沧桑与坎坷，
有快乐，有孤独，每一段路有每一段的领悟，
三千繁华，风雨人生，愿我们心存善念想开看远，
乐观向上安详坦然，历尽千帆，风尘不染。

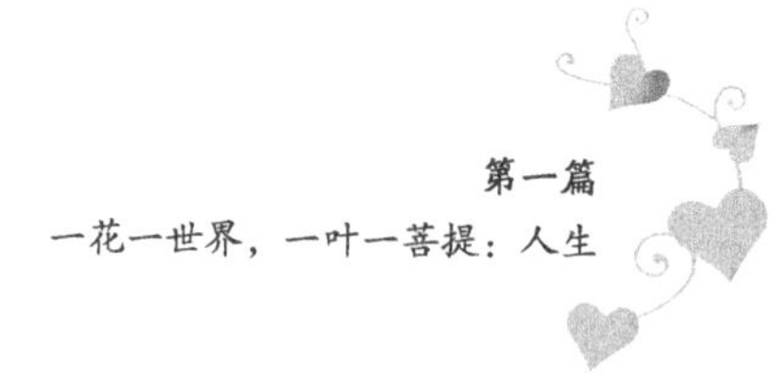

人生多彩，性情各异。

有人很欣赏你，有人看不惯你；有人喜欢你，有人讨厌你。

你在意，伤的是自己；你生气，害的是身体。

不管你多善良，总有人指手画脚；
不管你多真诚，总有人虚情假意。

学会看淡一些事，学会放下一些人。

该翻篇翻篇，该过去过去，总记在心里，容易折磨自己；
忘记不愉快，懂得放过自己。

人生在世，难免会遇到不顺心的人和事，
看得太清楚，伤心；算得太明白，伤情。

不妨睁一只眼闭一只眼，糊里糊涂，减少痛苦。

糊涂是境界，糊涂是本事，糊涂是悟性。

糊涂靠强大的心胸忍耐，糊涂靠良好的心态承受。

难得糊涂，是经历过以后修来的淡定从容，
是大彻大悟后做到的心满意足。

难得糊涂，不是真糊涂，糊涂是贵在知足。

糊涂，求的是安安稳稳的幸福，知足，图的是轻松快乐的一生。

世界上唯一可以不劳而获的是贫穷，
人生唯一可以无中生有的是梦想。

没有哪件事，不动手就可以实现；
没有哪个人，不动真情就可以相知。

只要愿意走，总会有路；只要愿意看，总会有美。

看不到美好，是因为没有阳光心态；
看不到成功，是因为没有坚持不懈。

理想贵在行动，辉煌贵在坚持。

前进不必遗憾，挫折不必沮丧。

若是美好，叫作精彩；若是糟糕，叫作经历。

有生命就有心情，心情不是人的全部，却能左右人的全部。

我们常常不是输给了别人，而是输给了自己的心情，
笑看花开是一种好心情，静看花落也是一种好境界。

人一生的际遇，都是心思和念头在呈现。

走过的一生，都是故事，而故事只应成为欣赏，
不应成为纠缠，与其计较，不如受教；

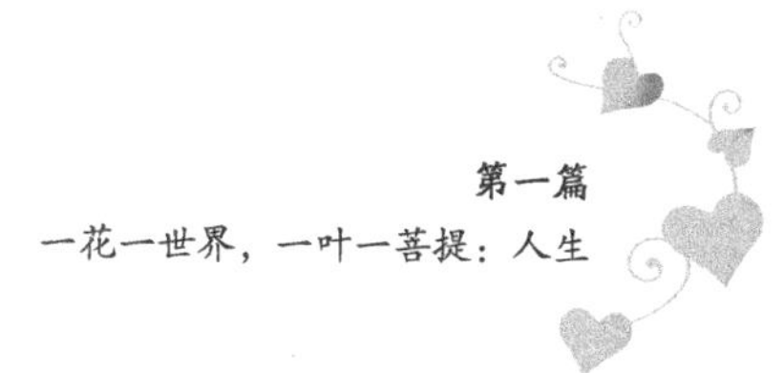

人生这场盛宴，真正让人铭记的，
不是到口的美味，而是入心的滋味，
人生真正需要准备的，是一路上自我满足的好心态。

风雨人生路，苦乐心自知。

风雨是历练，阳光是褒奖；顺境抓机遇，逆境练勇气。

生命是个过程，生活是种经历。

一边观山水，一边迎风雨；一边为生活，一边快乐过。

虽苦，但能换来幸福；虽累，但能得到硕果。

不死撑硬扛，要劳逸结合；不拼死拼活，要名利适度。

快乐不难，但要内心简单；幸福容易，但要知足常乐。

不贪图，吃饱穿暖就足够；无邪念，轻松安稳就是福。

心情，有欢喜，还有忧郁；人生，有甜美，也有汗水；
生活，有精彩，也有平淡。

人无完人，接受自己的不完美；生活无常，承受人生的不定数。

不要因为晚上没有月光，就怀疑白天没有太阳；

不要因为自己伤心，就认为老天捉弄人。

生活就是磨练，风雨过后就是彩虹；
人生就像经历，挫折过后就是辉煌。

人生很短一晃而过，没有时间供你挥霍。

踏实一点，勤改变命运；积极一些，悟改变人生。

追不上的不追，背不动的放下。

不要赌天意，天意赌不起；不要猜人心，人心猜不透。

做，自己想做的事；听，最想听的音；见，最想见的人。

雨有雨的趣，晴有晴的妙，小鸟跳跃啄食，猫狗饱食酣睡。

干好自己的活，走好自己的路。

良辰美景，赏心乐事。

人生只有一次，过一天就少一天，活一天就赚一天。

与其抱怨，不如开开心心每一天；
与其烦躁，不如快快乐乐每一刻。

过去的无法再来，拥有的好好珍惜。

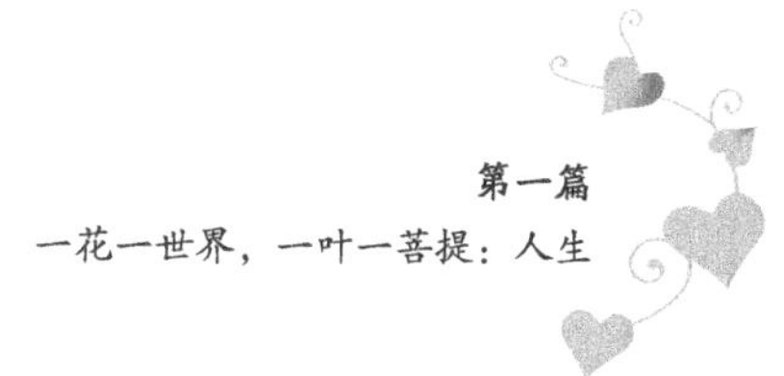

想走就走，该吃就吃。

人心换人心，人假你转身；真情换真情，人真你也真。

人过中年天过午，该放下的学会放下，该珍惜的好好珍惜。

懂得看开放下，学会顺其自然；懂得知足常乐，学会善待自己。

人到中年，经历了风雨，走过了坎坷，知道了人生，拥有了生活。

做到三不比：不比儿孙，不比财富，不比婚姻。

知道三不言：不说坏话，不说闲话，不说怨话。

懂得三不忘：不忘初心，方得始终；
不忘亲情，才知来去；不忘恩情，饮水思源。

牢记三不争：不争短长，不争是非，不争风头。

幸福人生有三宝：处世不生气，为人不抱怨，行事不计较。

不生气，是一种智慧——任他气急败坏，我自悠然如故；
不抱怨，是一种修养——任他怨天尤人，我自安之若素；
不计较，是一种成熟——任他争长论短，我自心宽似海。

心宽则人安，心大则福大。

浮云吹作雪，世味煮成茶。

人生难测如棋局，子落棋盘棋不悔。

对你好的人，一辈子都别忘；对你差的人，一辈子都别交。

清晨的粥比深夜的酒好喝，骗你的人比爱你的人会说。

经历一些人，让你看清了人；遇到一些事，让你看透了心。

人这一辈子，要感恩三种人：
一、在你艰难时与你同甘共苦的人。
二、在你跌倒时能扶持携手的人。
三、在你穷困时不离不弃的人！

人生如天气，可预料，但往往出乎意料。

不管是阳光灿烂，还是聚散无常，
一份好心情，是人生唯一不能被剥夺的财富。

把握好每天的生活，照顾好独一无二的身体，
就是最好的珍惜。

我们奋斗一生，带不走一草一木；
我们执着一生，带不走一分虚荣爱慕。

所以，我们要用心生活，天天开心快乐就好。

人生，有阳光，也有风雨；生活，有沮丧，也有惊喜。

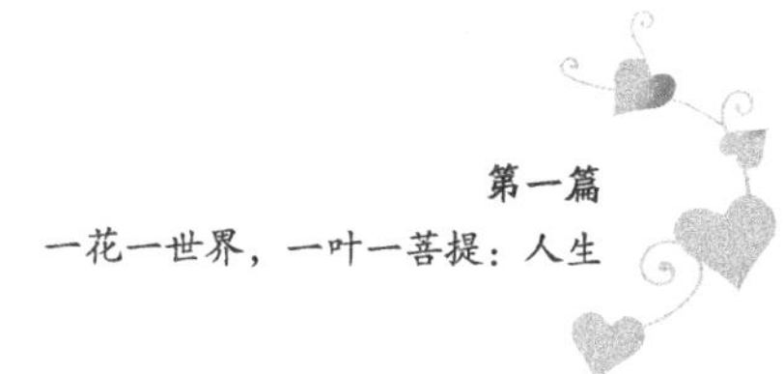

顺境和逆境，都是人生；快乐与悲伤，都属于生活。

路走多了，脚痛实属正常；事想多了，心累也是现实。

为了家庭，必须扛起；为了生活，必须努力。

累了，要坚持一下；痛了，要忍耐一会。

不放弃，不退缩，总会有回馈；不抱怨，不计较，一定有奇迹。

人生路上，不是所有的门都很宽阔，有的门需要你弯腰才进得去。

必要时弯下腰，才能在人生路上顺利前行。

抬头要底气，弯腰要勇气。

生活就像一局棋，用大气派谋篇布局，
审时度势，于细节处头脑清醒，小心收拾。

识时顺势，才能终有所得。

花开无语，芳华烁烁；花落无言，余香阵阵。

人生亦如这无言的花开花落，绽放凋零，
一切都将在岁月中老去，重归于尘，重归于土。

行走在这纷繁喧嚣的世间，要修炼一颗淡定从容的心，

心语·新语

心怀坦荡，平实内敛，遇事放松自如，
不温不躁，不以物喜不以己悲。

面对外界的喧闹和诱惑，气定神宁，
泰然面对日出日落，月缺月圆，活出自己的美好人生。

人生最大的期望，就是不断地把梦想变成现实；
我们既然选对了人生目标，就要坚定地走下去。

要用简单的心境去对待复杂的人生，
总有一些经历会让我们瞬间成长，
要学会化干戈为玉帛，这样一切自然安好。

成功的秘诀就是付出和感恩，只有不断地付出和感恩，
才能得到更多人的理解和支持，只有增加阅历，才能丰盈内心！

没有谁的一生，永远阳光明媚，永远欢声笑语，
总有一些苦难要经历，总有一些伤痛要承受。

有的人苦中作乐，有的人颓废消极，
心态不同，结局不同，感受亦不同。

人这辈子，总要被岁月牵着走，随时间往前行，
不管多大的事，到了明天就成了小事，
不管多难的事，到了明年都成了往事。

一切都在淡化中，往事就让它随风去。

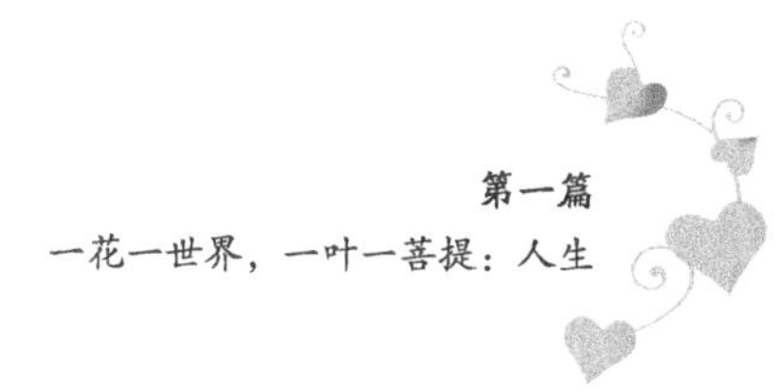

人生无须过于执着，尽人事安天命而已。

选择了，努力了，坦坦荡荡就行；
坚持了，走过了，问心无愧就好。

顺其自然，如行云般自在；随遇而安，像流水般洒脱。

时光如白驹过隙，生命如朝起霞落。

有一个知你、懂你、护你的人，是一种幸运；
有一个念你、想你、惦你的人，是一种幸福。

漫漫人生路，想要的太多。

想开了，看淡了，得失不再那么看重；
放下了，看透了，名利不再那么重要。

有的人，无须太过看重，试着放手；
有的事，无须太过执着，试着放下。

世事如棋局，放手才是高手；人生似瓦盆，打破方见真空。

以清净心看世界，用欢喜心过生活。

人生没有完美，幸福没有满分。

当执着成为负累，那放手就是解脱。

人到中年，常常在亲情关怀中忘了感情，
常常在理所应当中丢了关爱。

如同鱼在水里游，却忘了有水；
如同鸟乘着风飞，而不知有风。

日子过久时，别忘了当初的深情；
热恋消退时，别忘了当年的初心。

世间最大的幸福，莫过于有人喜欢你，
与你同心笑看红尘繁华；
世间最好的感情，莫过于你不负承诺，
与之携手共度人间冷暖。

人生走过半生，该吃的苦吃了，
该受的累受了，该放下当放下。

放不下面子，心里就有委屈无处诉苦；
放不下感情，心里念念不忘独自伤悲。

得不到的东西不要勉强，留不住的心不要强求。

余生很贵，别为难自己；今生不易，要学会心宽。

放下过往，放下曾经，放过自己，随缘就好。

睡前原谅一切，醒来便是新生，
清空愁思，忘掉纠结，顺其自然，随遇而安。

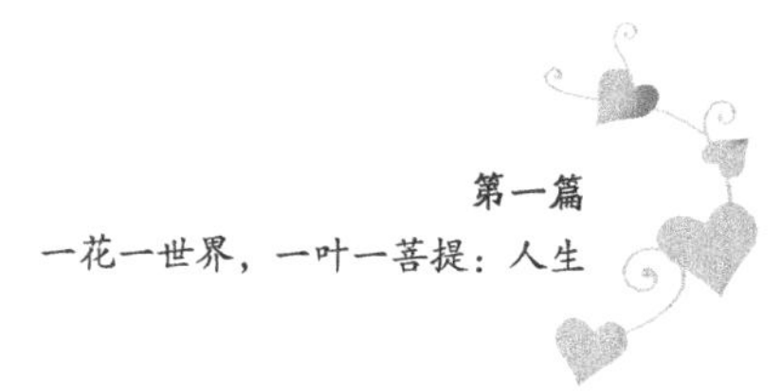

草枯了，来年继续发芽；花落了，明年还会盛开。

生命只有一次，好好感受生活；
人生都有难处，不要唉声叹气。

人生就是一场较量；活着就是一份证明。

脸上的笑容太少，心里的孤独就多；
身上的压力太重，手里的幸福就少。

别让泪水代替笑容，别让健康过度透支。

不要背负太多的包袱，不要在意别人的想法。

好好爱自己，独立过日子，
让这一生快乐且幸福，让每一天精彩又轻松。

第二篇

上善若水，厚德载物：德善

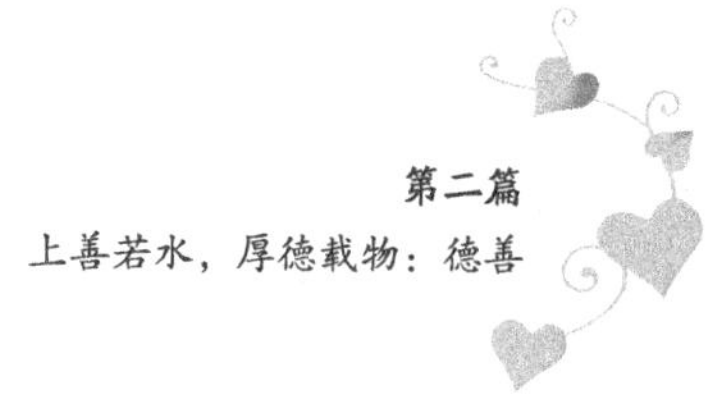

善良属于一种美德，善良有度行善有规。

行善不能迷失方向，变本加厉之人不行善，
得寸进尺之人不施恩。

行善不能没有原则，居心叵测之人不付出，
心术不正之人不帮助。

行善不能没有底线，没有方向的善良是愚钝，
没有原则的心软是懦弱，没有底线的行善是纵容。

有一种美丽，是我们看不见摸不着的，
它需要用心来感受，这种美丽就是善良。

善良是把自己的能量无私地奉献给大地，滋润万物生长；
善良是初夏的雨，灌溉人们的心田，让苗圃绿意盎然；
善良是秋季的风，无私地帮着老去的树叶返回自己的故乡；
善良是冬季的雪被，执着地守护着麦苗，
用自己的躯体保护着幼苗不被寒风的侵蚀。

心善自然美丽，心慈自然柔和，心净自然庄严；
淡泊寡欲可以养神，宁静致远可以养志，
怡情适性可以养和，观空自在可以养心。

种下一个善念，收获一种良知；种下一种良知，收获一种道德；
种下一种道德，收获一种习惯；种下一种习惯，收获一个人生。

好名声，是用有情有义赚来的；好感情，是用真心实意换来的；
好人品，是用真情实感打造的！
做人，一定要以真诚为先；做事，一定要以善良为本。

做事先做人，做人先立德。

厚德方能载物，雅量才能容人。

感恩善良，才能无愧于心；人品正直，才能受人欢迎。

心宽，争执就少了；心善，抱怨就少了。

鲁迅说：有的人活着，实际已经死了，
有的人死了，实际他还活着。

做人一定要坐得正行得直，只有品行正才会被后人铭记。

心不善，人不正，大富大贵没有用；
心奸诈，人狡猾，多行不义必自毙。

做事，你只管善良，老天会负责考量；
做人，你只管厚道，人品会替你说话。

人行于世，谁没吃过好心的亏？谁没错看人？
正是，多少好心最后变成叹息，多少好意最后变成惋惜。

有人，翻脸就像翻牌，变脸就像脱鞋。

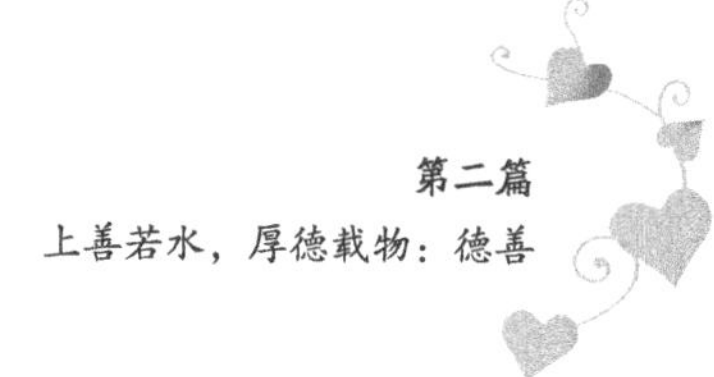

拿起筷子吃肉，放下饭碗骂娘。

有时想想就算了，个人如此，国事岂不是也一样，毕竟是个别。

只相信，善恶终有报，天道好轮回，不信抬头看，苍天饶过谁。

做人，不能落下骂名。

谎话连篇，巧言懒行，等于自毁前程。

昧着良心，坑蒙拐骗，就是断己后路。

言而有信方能受人尊重。

人若不善，心若不正，就算大富大贵，也没人待敬。

金山银山，不如诚实守信，脸美人美，不如心灵最美。

诚信，是长久的财源，良心，是做人的底线。

心善之人，不会伤天害理；品正之人，不会言而无信。

善良，是给自己积攒的福泽，品正，是给自己开辟的后路。

心存美好，则无可恼之事；心存善良，则无可恨之人；
心若简单，世间纷扰皆成空。

你若不疑，人间不寒；你若不离，世界不远；

你若不恨，苍天有暖；你若不妒，四海安宁。

别把善良当软弱，那是一种大度；
别把宽容当懦弱，那是一种慈悲。

好脾气不轻易发火，不代表不会发火；
性子淡只是装糊涂，不代表没有底线。

感情，不能敷衍；人心，不能玩弄；缘分，不能挥霍。

把情当情，才有真感情；平等互爱，才有真人心。

善良的人，将心比心，以诚待诚，厚德载物。

人为善，福虽未至，祸已远离；人为恶，祸虽未至，福已远离；
积德无须人见，行善自有天知。

你的姿态，决定别人对你的态度。

你的心态，决定生活给你的回馈。

善良的人，虚怀若谷，知恩图报，心安一生。

六尺巷美谈依旧，非宰相肚也撑船；
坦荡行事心磊落，清白做人存善良。

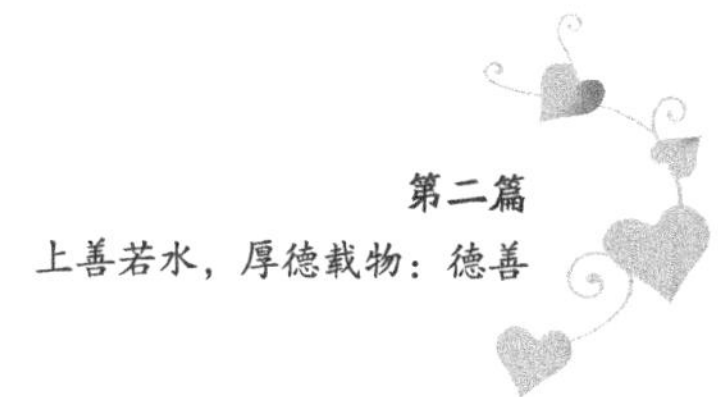

一饭之恩也思报，滴水之恩也念情；
薄情寡义非我愿，只拿冷漠对诽谤。

善良做人，心安一生。

莫以虚伪处世事，莫以算计待人。

生活难料，依旧要有一颗纯真的心。

前途漫漫，依旧要有一份炽热的情。

付诸善良，不问前程。

赠人玫瑰，芳香传人。

积德虽无人见，行善自有天知。

不要以为善良没有用，善良，是给自己积攒的福泽；

不要以为品正不值钱，品正，是给自己开辟的后路。

心善，能化解仇恨；心宽，能容下万事。

人心向善，才能无祸无灾；品行端正，才能受人敬重。

干净做人，不坑人，不骗人，不算计，不讨好。

善良做事，不虚伪，不耍滑，不昧心，不使坏。

以良心为行为标准，不为钱财坑人，行得正站得稳；
以人品为做事前提，不为利益害人，说得出做得到。

人前，不惧议论；人后，不怕误会。

心干净，心轻盈；心善良，人轻松。

做一个干净的人，不骗不坑，安心。

做一个善良的人，多行善事，踏实。

人这一辈子，为了金钱丧尽天良，
为了私利勾心斗角，到头来只有骂名与报应。

钱财总有用完的那天，权力总有旁落的时候，
真正能永恒的唯有好人品。

心怀慈悲之人，不会坑蒙拐骗；
品行端正之人，不会卑鄙算计。

别认为良心不值钱，别认为人品没有用，
善良，是给自己积累福报，人品，是给自己创造机会。

勤，改变命运；善，改变人生。

一个人，可以适当清闲，但不能懒，懒惰惯了，

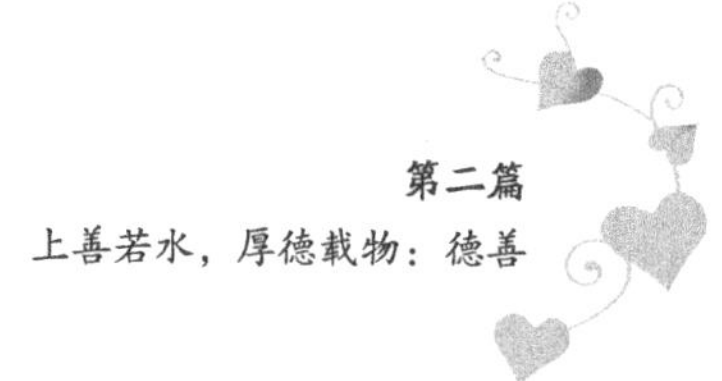

整日无所事事，再聪明也会被人生淘汰；
一个人，可以冷眼旁观，但不能心恶，
心生恶念，总是把人欺负，再聪明也会被社会唾弃。

甭管有多厚的资本，一旦不再努力，金山银山也会花完；
甭管有多大的能力，一旦懒惰成性，名利地位也会离开。

想要活得心安理得，就得善良坦荡；
想要活得功成名就，就得勤勉努力。

不因利益，做出卖朋友的事；不因金钱，做泯灭良心的事。

善良的人，必有厚福追随；勤勉的人，定能事半功倍。

谦和的人，走着走着，就走进了心里。

蛮横的人，走着走着，就淡出了视线。

所以说，事不出，不知谁近谁远。

人不品，不知谁浓谁淡。

利不尽，不知谁聚谁散。

人不穷，不知谁冷谁暖。

水不试，不知哪深哪浅，人不交，不知谁好谁坏。

心语·新语

短期交往看脾气，长期交往看德行，一生交往看人品。

善待别人，温暖自己，上善若水，厚德载物！

渡人，是一种格局。

当别人迷茫彷徨，给予建议使人看到希望；
当别人经历困难，给予帮助使人走出困境。

遇事不计较、不纠缠，凡事不奢求、不苛刻。

生命就像一条无尽的长河，你是过河人，也是摆渡者。

渡人者自渡之，自渡者天渡之。

爱出者爱返，福往者福来。

你对别人好，别人对你好。

赠人玫瑰，手留余香。

懂是一座桥梁，能让人与人的心灵相通。

懂是一种体谅，明白他人的苦，理解他人的难。

懂是一种换位，是站在他人的角度思考问题。

懂是一种温暖，能给人安慰，感动到落泪。

生活中，总会有人对你说三道四，总会有人对你指手画脚。

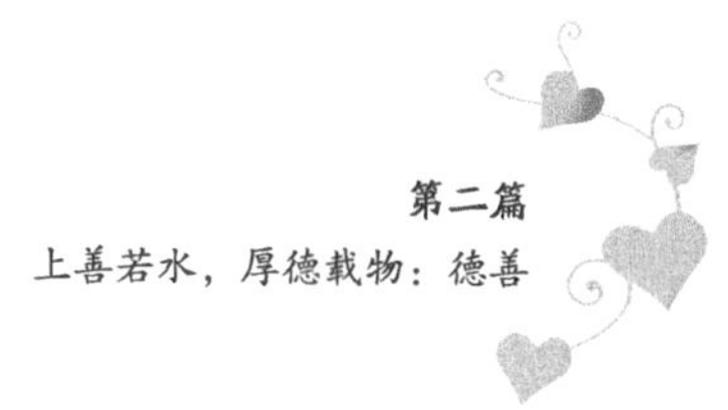

学会不在意，约束好自己，朋友之间，互相体谅，亲人之间，

互相关心，保持善良，做到真诚，宽容待别人。

心中有爱，才能春暖花开；心中有善，才能美丽常在；
心中有德，才能涵载万物；心中有道，才能去来自如；
心中有慧，才能走出愚昧；心中有志，才能成就人生；
心中有诚，才能感化他人；心中有真，才能快乐人生。

善良，是一个人身上最好的风水，
是世界上最美的成全和最好的投资。

你给出了善良，一定会收获温暖，因为一个人的善良里，
藏着他的运气，在不可预知的未来，你所积攒的福报，
一定会给你带来意外的惊喜。

所以，善良的人总是快乐，感恩的人总是富有。

每个人心里都藏着一片空间，存着一些回忆；
每个人心里都有一份甜蜜，属于自己的私密。

有些情怀，放置心中一隅，永不褪色；
有些爱恋，在岁月中沉睡，一直鲜艳。

思念一个人，美好而酸涩；牵挂一个人，甜蜜而孤单。

生命中的过往，一些徘徊，只为那一处心的留白。

一份情，默默存放；一份爱，永远珍藏。

生命，因美好而绚烂，因缺憾而永恒。

做人要讲诚信。

再穷，不能欠钱玩消失；
再难，不要说话不算数；再忙，不要电话都不接。

堂堂正正做人，明明白白做事。

信任是友情的桥梁，信任是人品的价值。

不怕一穷二白，就怕不讲信用；
不怕山穷水尽，就怕不敢承担。

人心，不是一朝一夕就会热；感情，不会三言两语就会有。

人与人之间，交的是一颗心。

你若有心，我会真情。

信任，拉近距离；真诚，走进心里；善良，永远不过期。
不管世界怎么变，社会怎么乱，正直永远最可贵；
一个真诚的人，走到哪里都会有人喜欢；

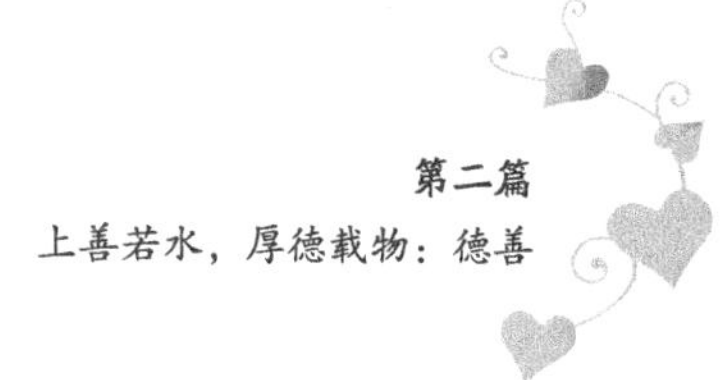

因为说话认真，做事用心，为人诚恳；
一颗善良的心，和谁相伴都能长远；
因为懂体谅，懂包容，懂尊重。

人这一生：好名声，是用有情有义赚来的。

好感情，是用真心实意换来的。

好人品，是用一辈子去打造的。

做人，一定要以真诚为先。

心灵，一定要以善良为本。

宽容就是忍耐，后退一步，天地自然宽阔。
宽容就是忘却，
忘却过去的是非曲直，忘却他人的无端指责。

宽容就是谅解，多理解他人，将心比心。

宽容就是潇洒，不患得患失，做到宽厚待人，容纳非议。

宽容就是大度，一句名言“有容乃大”，
便是对宽容最好的赞美。

理解是什么？理解，是人与人的包容与尊重；

是心与心的疼惜与懂得；是一辈子的谅解和牵挂。

理解多了，误解就少了；误解少了，真心就多了。

人生三种好心态：放宽心、不纠缠、少计较。

人活一辈子，别太嚣张，别太清高，把眼光放低一点，
把心态放宽一些，平等待人，善良做人。

面子是别人给的，不要把人家踩在脚底下。

态度真诚一些，语气温和一些，既能赢得更多的面子，
又能得到更多的尊重。

万事随缘，不可强求，顺其自然，随遇而安，
方能有个好心情。

诸事，能为之则为，不能为之则不为。

不苛求于人，己所不欲勿施于人；
不苛求于己，勿施不欲之事于己，任其天然。

人高在忍，诸事能忍品自高。

人贵在善，积德行善方为贵。

人杰在悟，悟透人生则为智。

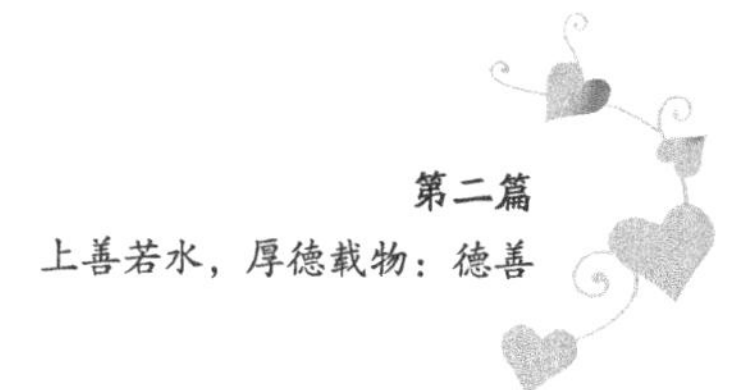

英雄未必在成败，在其身体力行。

人生苦短，盛衰荣辱转瞬即逝，唯其心志长久。

功名利禄过眼烟云，唯其芳名千古。

生之苦，苦在执着；人生之难，难在放下；人生之烦，烦在计较。

在意什么，什么就会折磨你；
计较什么，什么就会困扰你。

万事皆由心生，烦恼缘于计较。

心中有便有，心中无便静。

智慧的人，不徘徊在过去；
豁达的人，不忧患于未来；聪明的人，懂得把握现在。

上善若水，从善如流，如水人生，随缘就好。

一个人最大的魅力，是拥有宽广的心胸。

得理要饶人，得势要沉稳。

能说能争未必就是赢，能忍能容才是真英雄。

咄咄逼人者，众人疏远。

心语·新语

得意忘形者，终会失势。

看淡一些，宽容一点。

你待人诚恳会被人信任，你与人为善会活得心安。

有体人之心，能广结知己，能恕人之过，会远离祸端。

做人，多一些珍惜，感情更长久；学得会换位，相处才快乐。

做人，高在忍，贵在让，心在善。

忍，是容，也是度；让，是品，也是德；
善，是根，也是本。

忍一时，不是懦弱；让一步，海阔天空；
善一生，才算精明。

永远别和小人斤斤计较，千万别和恶人合污同流，
别把烦恼一直背负在身，别把金钱看得太过重要。

人活一世，草木一秋，功名利禄转瞬即逝，
金钱财富终带不走，别把身外之物看得太重，
唯有品行长久，才能芳名永留。

一个人的美丽，并不在容颜，而是所有经历过的往事，
在心中留下伤痕又褪去，令人坚强而安谧。

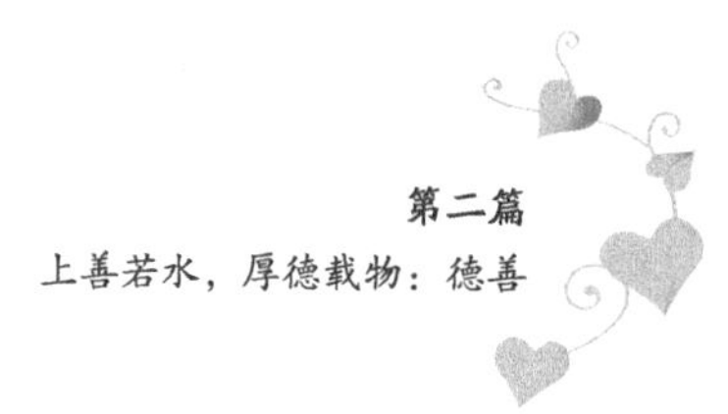

所以，优雅并不是训练出来的，而是一种阅历。

淡然并不是伪装出来的，而是一种沉淀。

人与人之间，最大的吸引力，不是长相，不是财富，
也不是才华，而是你传递给对方的信赖和踏实、真诚和善良，
一种正知，正念，正见，正直，正派，正气，正能量。

良心是做人的底线。

人心向善，丢什么也不能丢了良心。

否则，丢掉了这根“底线”，
就必然会把自己送入失败的人生“黑洞”。

孟子说：“仰不愧于天，俯不怍于地。

为人处世不能愧对天地，愧对自己的良心，
做人必须光明磊落，问心无愧。

大其心，容天下之物；虚其心，爱天下之善；
平其心，论天下之事；
潜其心，观天下之理；定其心，应天下之变。

存平等心，行方便时，则天下无事。

怀慈悲心，做慈悲事，则心中太平。

心语·新语

修行先修心，行为表，心为根。
以善良为师，得到的是正义和正直的教诲，
即使步履平凡，也不失品德境界；
以善良为友，得到的是质朴和慷慨的帮助，

即使平淡无奇，也不失君子风范。

心若善良，步步生香。

真正有修养，有品位的人，话有三不说：
贬低别人的话不说，
抬高自己的话不说，毫无价值的话不说。

事有三不做：损人害人的事不做，眼高手低的事不做，
狂妄自大的事不做。

做人收敛一点没亏吃，要知道：尺有所短，寸有所长。

别张扬，别狂妄，我们都有不如人的地方。

做人低调一些是涵养，要明白：三十年河东，三十年河西。

多容人，多帮人，善良是为人的妙方，谦虚是处世的锦囊。

做事把握“坚持”二字。

吃不了苦中苦，做不了人上人。

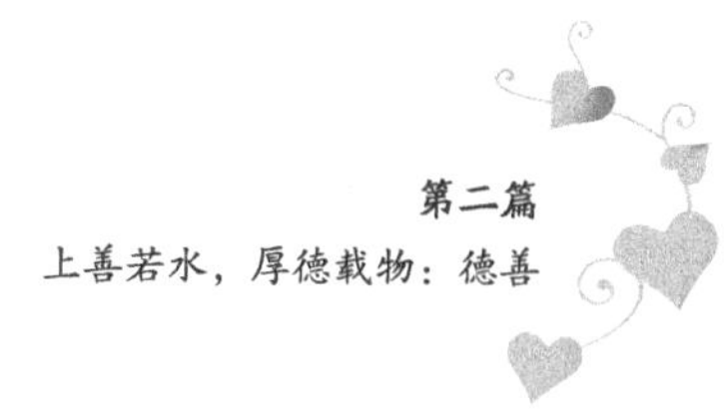

要创造故事，须有始有终。

再累再苦，也得坚持；再痛再疼，也要忍住。

做人把握“善良”二字。

善良，也许会吃亏上当，也许会流泪受伤，
但善良是种美德，幸福会回应，上天会眷顾，社会会尊重。

帮助人是一种崇高，理解人是一种豁达，
原谅人是一种美德，服务人是一种快乐。

月圆是诗，月缺是花，仰首是春，俯首是秋。

人有一分器量，便多一分气质；人有一分气质，
便多一分人缘；人有一分人缘，便多一分事业。

积善成德、修身养性。

人的磁场很奇怪，你不感恩，就不顺利；
你不承担责任，就不成长；你不付出，就得不到；
你没有爱心，就没有人爱你。

如此一来，便得出人生的规律：
感恩=顺利，责任=成长，付出=得到，爱心=快乐。

原来生活如此简单，你希望自己好运，就祝福别人好运。

心语·新语

一切美好，皆源于一颗感恩的心。

感恩生命中所有的相遇，感恩这一路上所有的人！

心宽，天地宽；心善，福气增。

待人宽厚一点，处处便是好风光；
待人和善一些，人间便是四月天。

男人心宽，事业丰满；女人心善，生活美满。

善良的人，心安一辈子；虚伪的人，算计一辈子。

道生于安静，德生于谦卑，福生于勤俭，命生于和畅。

心灵里，铭刻的叫缅怀，涌动的叫思念，践行的叫感恩。

感恩，不一定是感谢那一个人，
而是一种生活态度，是一种善良的人性美。

感恩一切好的，给我们带来了幸福；
感恩一切不好的，增强了我们追求幸福的能力。

有感恩的心，才会有好的心态，才能积攒更多的美好。

一个人的生命不过百年，
一个人的品德却可以永远流传，
刻下来的名字终会被泥土和岁月淹没，
唯有记入人心的恩情可以保留长远，世代相传。

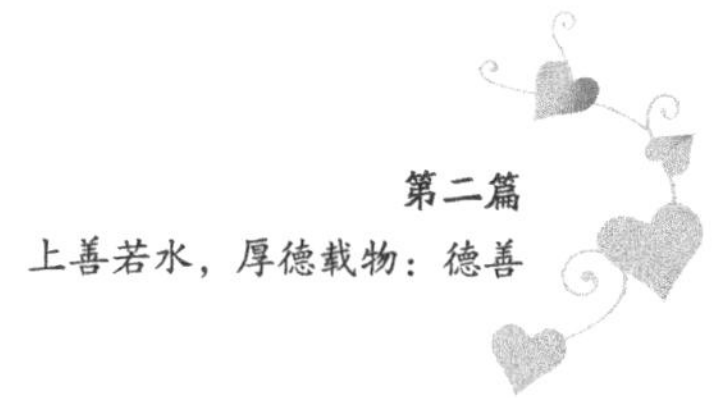

人与人之间，开始让人舒服的也许是你的言语，
但后来让人信服的一定是你的人品。

做人，一定要做一个让人放心的人。

无论认识多少年，都能由衷地说一句：
认识你真好！人与人之间，最大的吸引力，
不是你的容颜，不是你的财富，也不是你的才华；
而是你传递给对方的信赖和踏实，真诚和善良！

感恩生命中所有的遇见。

做好人，身正心安魂梦稳；行善事，天知地鉴鬼神钦。

你若不疑，人间不寒；你若不离，世界不远；
你若不恨，苍天有暖；你若不语，四海升平。

真正的平静，不是静坐不起，
而是平和心态，看人间万象，听花开声音。

做人，人品比才能更重要，厚德载物才能走得更远；
做事，良心比金钱更珍贵，心地善良才能受人尊敬；
人若不善，心若不正，即使大富大贵也没有用。

家财万贯，不如人品厚道，权力再大，不如心地善良。

良心，是做事的底线，人品，是做人的底牌。

心语·新语

随和，是淡泊名利时的超然，是曾经沧海后的井然，
是狂风暴雨中的坦然，不傲慢自居。

低调，是为人沉敛时的胸襟，是待人谦和时的淡定，
是看淡名利后的谦卑，不恃才傲物。

善良，是为人处世的法则，是做人做事的底线，
是欲望膨胀时的红线，仰不愧于天，俯不怍于地。

随和是素质，低调是修养，善良是底线。

人一宽容，气不郁滞；气不郁滞，血就通畅。

心宽一寸，病退一丈。

人一善良，心就宁静；心一宁静，远离悲恐。

善心犹如春雨，默默滋润身体，
让气变得柔顺，让血变得通畅。

人一感恩，心就平和；心一平和，经络畅通。

心有光芒，必有远方！

人的成熟不在年龄，而是懂得了放弃，
学会了圆融，知道了不争；
心越成熟越明白，平淡最美，清欢最真。

入世之心做事，事事美好；出世之心做人，人人简单。

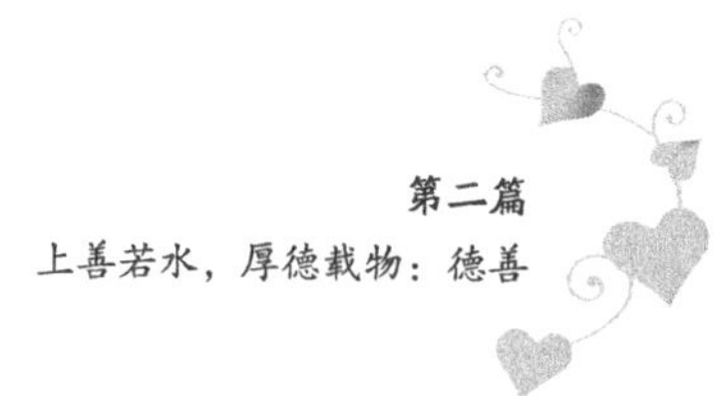

笑看得失，才会海阔天空；心有透明，才会春暖花开。

生活中的每处风景都值得细看，生命中的每个瞬间都值得阅览。

不为冷暖纠缠，莫被阴晴牵绊，即使离合聚散，
也不过只是个片段，岁月绵绵，流年淡淡。

人生，何必负赘太多，想开、看开、放开；
安之若素，冷暖自知，用心甘情愿的态度，
过随遇而安的生活。

讲真话，行好事，不忘恩，少记仇。

凭良心做人，仰俯不愧天地；摸良心做事，此生踏实心安。

不做亏心事，不怕鬼敲门；不说昧心话，不怕多心人。

对人对事认真，活得忠厚诚恳。

善心常在，感恩常有。

做人做事问苍穹，问心无愧真品质。

怀善心，做好人。

忠厚老实的人多半面相柔和慈善；
有爱心的人往往平易近人有亲和力。

心术不正的人总是贼眉鼠眼目光游离；
心胸狭窄的人常常絮絮叨叨婆婆妈妈。

相由心生，面相的好坏与其心灵的善恶是相应的，
心决定命叫命运，运决定气叫运气，气决定色叫气色，
色决定相叫相貌。

现实生活中，人到中年后，
就显现出受性格和品格影响所致的面貌，
这是长期的修为在脸上的投影，也预示着该人未来的命运。

信不信由你。

做人，要知理，知足，知趣。

知理，进退有度；知足，心宽有福；知趣，相处舒服。

知理，懂为人处世的道理，有与人为善的态度。

说话注意场合和分寸，做事知道好坏和本分。

知足，面对功名利禄，不争不抢不辩，不贪不羡不求；
懂得惜福把握眼前，羡慕嫉妒但是不恨。

知趣，知道进退，他人厌烦不纠缠；
知道收敛，心里有气不乱发。

不说让人难受的话，不做让人难堪的事。

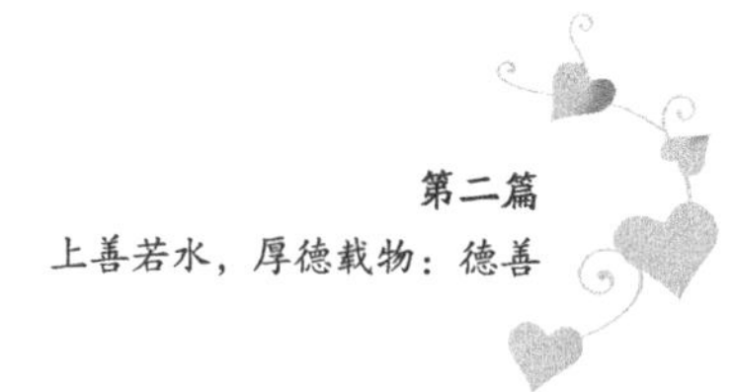

少抱怨，少指责，少叹息，少烦忧。

不计较、不为难、不记恨、不妄评。

多一点理解，生活就能多一点善意。

多一点宽容，温暖就能持续地传递。

善待别人，就是善待自己。

心存美好，则无可恼之事；心存善良，则无可恨之人。

懂得换位思考，学会将心比心。

你为别人考虑，别人替你着想。

在你无助时，有人会出现；当你遇事时，有人会帮忙。

你若情深义重，别人还你真心坦诚；
你若无私帮助，别人给你包容大度。

感受别人的难处，是关怀；体谅别人的不易，是宽厚；
饶恕别人的错误，是大度。

人无尽善尽美，事无一帆风顺。

懂得换位思考，麻烦就会减少；懂得将心比心，感情就会加深。

为人处事，不管嘴笨还是嘴甜，心地善良才是本钱；
人活一世，不管能说还是能干，光明磊落才是关键；
不伪装，不敷衍，不欺骗，就是一个人的真。

懂宽容，懂尊重，懂体谅，就是一个人的善。

有为有不为，知足知不足；锐气藏于胸，和气浮于面；
才气见于事，义气施于人。

第三篇

桃之夭夭，灼灼其华：识吾

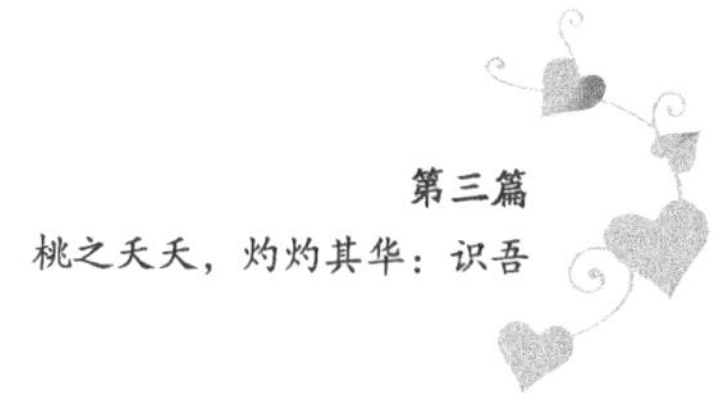

很喜欢这段话：

“有一天，你辉煌了，一定要有个好身体，才能享受人生。

有一天，你落魄了，还得有个好身体，才能东山再起！”

健康不是第一，而是唯一！

这也贵，那也贵，照照镜子其实你自己最贵，

当你倒在病床上的时候，多少钱才能把你扶起来呢？

我们做不到人人喜欢，也不能让所有人满意，

贪得无厌的人我们满足不了，居心叵测的人我们难以接受。

有些人看透了，也就离开了，有些事看淡了，也就放下了。

一辈子不长，请为自己而活。

不要在乎别人的议论，不要在意他人的眼光，

做到内心无愧就行。

流言蜚语，迟早会散，你越是争辩，别人越嚣张，

误会矛盾，终会化解，你越是解释，越解释不清。

成熟是一种明亮而不刺眼的光辉；

一种圆润而不腻耳的声响；

一种不再需要对别人察言观色的从容；

一种终于停止向周围申诉求告的大气；
一种不理会喧闹的微笑；
一种洗刷了偏激的淡漠；
一种无须声张的厚实；
一种能看得很远却并不陡峭的高度。

发现快乐，你的生活就多一些亮色；
学会共赢，你的工作会少一些争执；
懂得感恩，你的世界便多几分温柔；
守住原则，你的人生将少几分迷茫。

良好的思维习惯，会让你赢得更多的机会，
遇见更好的自己。

从现在开始改变思维方式，你将拥有更大的人生格局。

做一名自信者，牢牢握住自己生命的罗盘，让生命充畅。

做一名自谦者，慢慢拓展自己生命的容量，让生命充实。

做一名自爱者，深深领会自己生命的价值，让生命充美。

做一名自安者，悄悄抚平自己生命的伤痕，让生命充悦。

做一名自洁者，时时清除自己生命的淤积，让生命充盈。

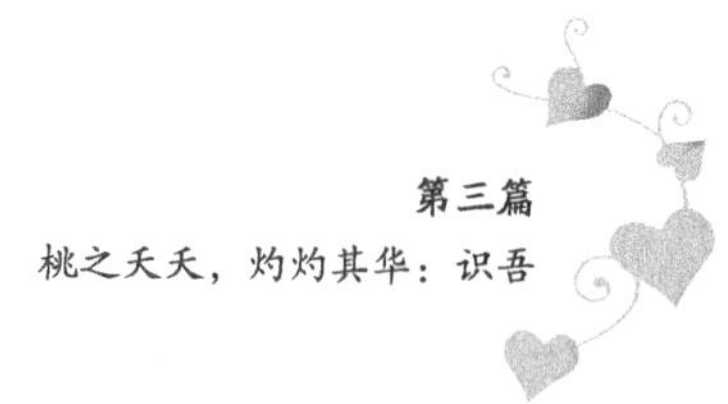

蜗牛一寸寸地爬，每一寸皆是突破；
青蛙一米米地跳，每一米皆是奋进；
雄鹰一里里地飞，每一里都是创新。

时间是最公平的资源，活一天就拥有24个小时，
你浇灌在哪里，哪里就可能长出灿烂的花朵。

耐心一点，只要方向对了，你想要的时间都会给你。

又是美好的一天，记得为自己加油！

人生短暂，用心生活。

面对困难相信自己，面对挫折挑战自己，努力付出实现自己。

那些转错的弯，那些走错的路，那些流下的泪，
那些滴下的汗，那些留下的伤，会让你成为独一无二的自己。

生活就是这样，别人只看结果，自己独撑过程。

不和别人比，好好活自己。

在我们的生活中，所有的事情都有它存在的意义。

当你觉得孤独，那正是认识自己的机会；
当你觉得黑暗，那正是发现光芒的机会；
当你觉得无助，那正是让你知道内心有多强大的机会。

坚持住，在锻造自我中超越自我。

有时候阻碍我们前进的，并不是别人的轻视，
而是自己丢掉的信心。

消除恐惧的最佳方法，就是去做曾令你恐惧的事情。

不断去尝试和练习那些令你感到自卑的事，终有一天，
你会发现，它们不再是你的软肋。

每个人的人生舞台不是在别人的眼中，而是在自己的心中。

我们倾力付出，不是为了获得别人的赞许，
而是为了拓宽自己眼界的广度、心灵的宽度和见识的深度。

当你发现自己每一天都在变得更好，就是最值得骄傲的事情。

美好的一天又开始了！

阳光，不只是来自太阳，也来自我们的心底！

心里有阳光，才能看到美好的一面，
心里有阳光，才能提升正能量！

自信、宽容、给予、感恩，让心里的阳光，

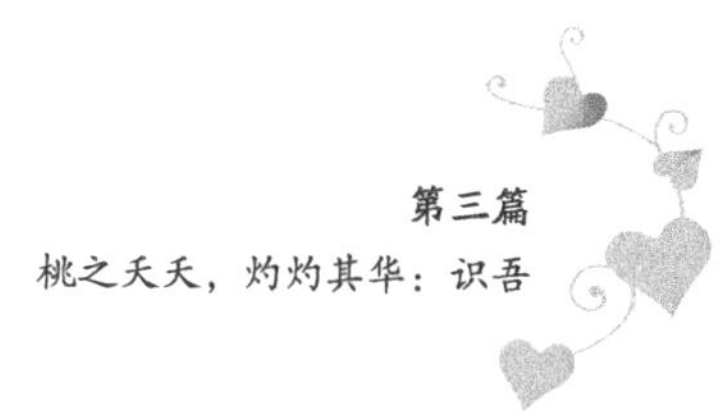

照亮点点滴滴，感谢人生的每一天！

感恩相遇的每一个朋友……

每一份坚持都是成功的累积，记得相信自己，总会遇到惊喜。

每一种生活都有各自的轨迹，记得肯定自己，不要轻言放弃。

每一个清晨都是希望的开始，记得鼓励自己，展示自己的魅力。

早上给自己一个微笑，种下一天的阳光，
人生的顶峰一定有你。

你读的书、走的路、见的人、经的事越多，
越容易发觉自己知道得太少，
而只有知道自己无知之后，才能从骨子里谦和起来，
不再孤芳自赏，不再咄咄逼人，不再恃才傲物，
因而也不会再去强迫别人接受自己的观点。
所以说，人总是越活越平和，越来越成熟。

成熟的标志是什么？
就是慢慢地学会像尊重自己一样尊重他人。

成功就是，二十几岁时，给优秀的人工作；
三十几岁时，跟优秀的人合作；

四十几岁时，找优秀的人为你工作；
五十几岁时，把别人变成优秀的人！

小合作要放下态度，彼此尊重；
大合作要放下利益，彼此共赢；
一辈子的合作要放下性格，彼此成就。

一味索取，不懂付出；
或一味任性，不知让步，到最后必然输得精光。

共同成长，才是生存之道。

人与人之间最小的差别是智商，最大的差别是坚持。

人与人最大的差距，是见识与格局。

路，要靠自己一步步走；钱，要靠自己一分分赚。

在困难面前露笑脸，在责任面前不抱怨。

眼泪要藏起，责任该担起。

别人可以帮你但不能替你感受，所以你要很上进，很努力；
别人可以分担但不能替你承担，所以你要去承受，去接受。

懂你的人不用解释，不懂你的人不必解释；
爱你的人不会放弃，不爱的人迟早离去。

一心一意做好自己，即使不完美但不泄气。

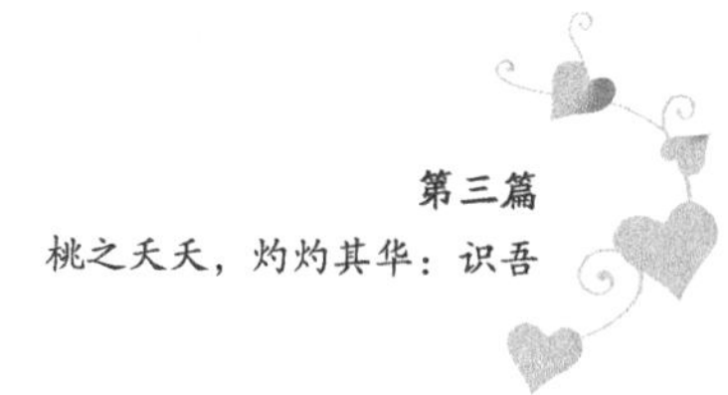

世上没有白费的努力，也没有碰巧的成功，
一切无心插柳，其实都是水到渠成。

人生没有白走的路，也没有白吃的苦，
跨出去的每一步，都是未来的基石与铺垫，都值得拥有。

只要脚踏实地走好每一步，以平常心对待每一个季节的花开花落，
以风的洒脱笑看沧桑，以云的飘逸轻盈过往，经历就是收获。

人生不求富贵，只求安康，拥一份平淡，笑看红尘过往。

没有阳光，就学会享受风雨的清凉，
没有鲜花，就学会感受泥土的芬芳。

只要给自己一片快乐的晴空，保有一颗波澜不惊的心，
把握好生活的节奏，用心过好每一天，
且行且珍惜，相信生活定会异彩纷呈，阳光灿烂！

我们改变不了环境，但可以改变自己；
我们改变不了事实，但可以改变态度；
我们改变不了过去，但可以改变现在；
我们不能控制他人，但可以掌握自己；
我们不能预知明天，但可以把握今天；
我们不能样样顺利，但可以事事尽心；
我们不能延伸生命的长度，但可以决定生命的宽度。

苦，才是人生，痛，才是经历；累，才是工作，变，才是命运；

忍，才是历练，容，才是智慧；舍，才是得到；做，才是拥有。

打开不同的窗，就会看到不同的风景；
拥有不同的视野，就会收获不同的心境。

人活一世，不可能得到全世界。

属于自己的，不求亦得；不属于自己的，求亦不得。

所以，贵在随缘，不是所有的或缺都是遗憾。

生活，有太多的愿与不愿，要与不要，
想与不想，爱与不爱，有所欠缺又有何妨。

一念舍得，一念放下，
一切皆由心定，用时间矫正思想，用信念迎接未来。

其实你很强，只是懒惰帮了你倒忙。

不开口，没有人知道你想要什么；
不去做，任何想法都只在脑海里游泳；
不迈出脚步，永远找不到你前进的方向。

理想再远大，也需要点滴的努力；
口号再响亮，也需要立即行动。

不论你有多少宏伟的规划，

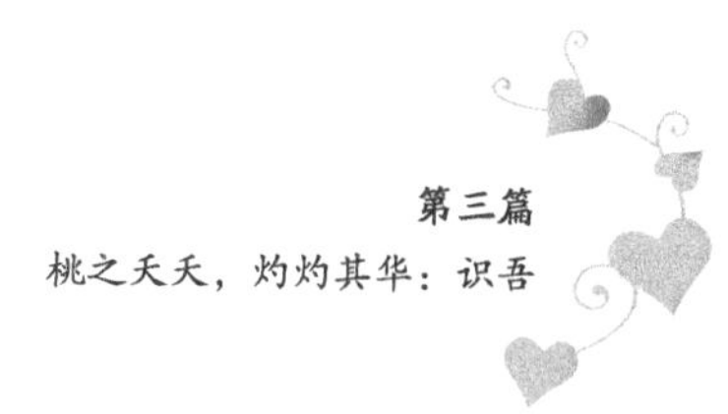

多么昂扬的斗志，不去行动，终究是空中楼阁。

与其每天担心未来，不如现在努力。

成功的路上，只有奋斗才能给你最大的安全感和答案。

千里之行，始于足下。

我们要深信一切皆有可能，
任何事情不到最后一刻，千万不要放弃。

事情最后的好结果，不是我们幸运，
而是前面的苦心经营，才有后面的偶然相遇。

只要我们持续地努力，不懈地奋斗，就没有征服不了的高山。

人生最难得的，不是我们翻山越岭之后看到了真正的风景，
而是当我们一览众山小以后还能保持那颗初心。

戒骄戒躁永不言败，是成功的最佳品质！

但凡成功之人，往往都要经历一段没人帮助的岁月，
而这段时光，恰恰是沉淀自我的关键。

犹如黎明前的黑暗，捱过去，天也就亮了。

所谓千里马，不一定是跑得最快的，但一定是耐力最好的。

单枪匹马你别怕，一腔孤勇又如何，这一路你可以哭，
但不能怂，总得熬过无人问津的日子，才能迎来成功和鲜花。

耐得住寂寞，才守得住繁华。

活着，不是靠泪水博得同情，而是靠汗水赢得掌声！

我们在前行的路上走得太急，急着看到立竿见影的成绩，
急着想要吹糠见米的回报。

又对未知的前方充满恐惧，这份恐惧来源于懦弱，来源于胆

小，来源于不敢从头再来。

然而生活就是日复一日地跋涉，
在浮浮沉沉中得一步一步走得扎实。

每一次的光鲜亮相背后都是难熬的伤，
在每一次的跌倒爬起中，我们才能遇见更好的自己。

记住，只有吃得了别人吃不了的苦，才能享得了别人享不了的福。

其实，穷不重要，富也不重要，
劳累不重要，清闲也不重要，你过得不好不重要，
别人过得好也不重要，重要的是你要快乐，
你要有快乐的心态，这样一切都会好起来。

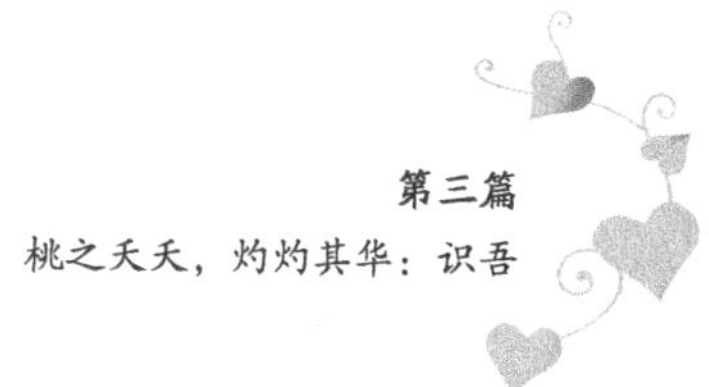

自己把自己说服了，是一种理智的胜利；
自己把自己感动了，是一种心灵的升华；
自己把自己征服了，是一种人生的飞跃。

不要追求太甚，不必强求太多，不可奢求太过。

接受无法接受的，你在成长；承受不该承受的，你已成熟。

昨天再好，也走不回去；今天再难，也要抬脚继续；
你不勇敢，没有人替你坚强；
你不疯狂，没有人帮你实现梦想；
不管你昨天有多优秀，也代表不了今天的辉煌；
要记住，昨天的太阳永远晒不干今天的衣裳；
以阳光的心态继续前行，活出精彩的自己。

钱靠自己挣，才有底气；路靠自己走，才有志气；
伤靠自己养，才能治愈；苦靠自己尝，才能体会。

人生的路，本来就遍布荆棘，磕磕碰碰是难免的，
别因挫折而垂头丧气，别因失败就自甘抱弃。

路是走出来的，事是做出来的。

要始终相信，苦只是一时而不是一辈子。

命走一遭，全凭坚持；人活一世，全靠自己。

压力大了，自己调解；日子难了，自己扛起。

好好爱自己吧，人生不易，全靠自己努力！

假如人生没有梦想，就像蓝天没有白云，
沧海没有帆影，田园没有牧歌；
假装春天没有新绿，夏天没有蝉鸣，
秋天没有红叶，冬天没有雪飘，世界将充满寂寞与苍凉。

人生有梦，装载着纯洁与美好，
承接着兴奋与欢笑，充满着开心与快乐。

人生有梦，则生机盎然，如拔节的青笋，顽强地向上生长；
人生有梦，则绿意盎然，如新生的嫩芽，饱含新生的希望。

让我们插上梦的翅膀，任憧憬的思绪飞扬。

人生的路上没有什么捷径可言，
一切只能靠自己脚踏实地地走下去，
所有的成功，都来自不倦的努力和奔跑。

机会要靠自己去争取，命运要靠自己去把握，
我们只有让自己不断强大，才能不畏惧任何失去，
才有资格拥有随心所欲的未来。

所有的幸福，都来自平凡的奋斗和坚持，

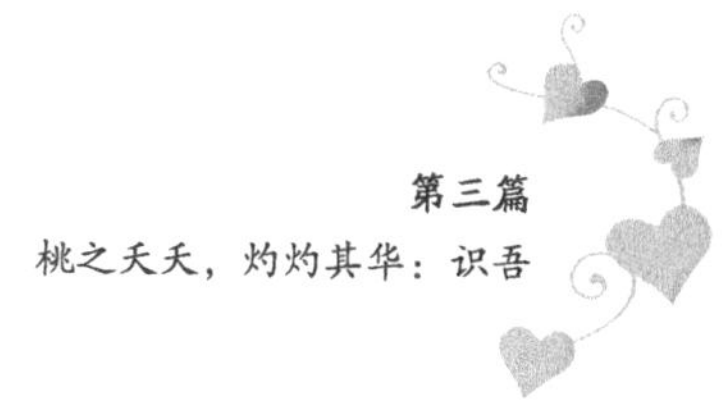

愿每一个努力生活的人，都能被这个世界温柔以待，
都能活成自己想要的模样！

一切美好都是用心规划出来的，一切成功都是努力奋斗得来的。

格局被理想撑大，事业由梦想激发，
成功由磨难炼成，人生由经历铸就。

我们有大格局，才能有大胸怀，
一个心宽似海的人，不管遇到什么样的风浪都能坦然处之。

我们要保有一颗不强求不妄念的心，
努力地拼搏与进取，
不要让自己承载过多的烦恼与痛苦，
不断地提升自我，开心快乐过好每一天！

我们每个人都要为自己的将来努力地付出，
没有人天生注定会成功，
成功都是经过自己的辛勤付出得来的。

我们今天敢于做别人不敢做的事，
明天才可以拥有别人不能拥有的幸福，
未来是由我们自己创造出来的，
我们要给自己的人生一个完美的交代。

所有的事情，想都是问题，做才是答案，

心语·新语

人生输在犹豫，赢在行动，只要我们永不放弃，
总会有成功的那一天！

低质量的勤奋，不过是营造一个“我很努力”的幻觉。

勤奋不是马不停蹄，而是有效利用手头的时间；
努力不是一味地埋头苦干，而是用智慧解决问题。

沉下心来，抽丝剥茧地去思考、去解决，
你才能获得真正的提升。

成功，是靠我们从决定去做的那一刻起，持续累积而成的。

成功的敌人是懒惰，我们战胜他人只是生活的强者，
只有战胜自己才是命运的强者。

我们在顺境中把握当下，是一种能力；
在逆境中活在当下，是一种境界。

我们要努力地活出自己，让自己有能力接受所有的一切，
别人的误解和偏见并不可怕，可怕的是自己失去了信心，
自强者打不倒，自弃者扶不起！

我们每个人都希望能成为最好的自己，
但很多人往往只关注自己的外在，却忽略了自己的内在德行。

我们做事情不要急功近利，不是所有的事都越快越好，

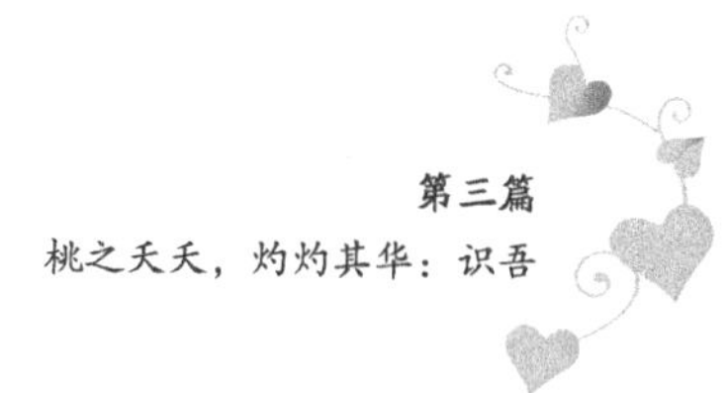

有时候慢慢来也是一种智慧，人生旅途的美妙之处，
不仅在于如何快速抵达终点，更在于要享受每一个当下。

我们在道路上遇到的挫折与阻拦，
是为了让自己能更好地成长，而过程会让我们变得更加强大！

人生不长，善待自己。

寒冷的天，要记得多穿；忙碌的晨，要记得早餐。

别熬夜太晚，少了睡眠；别压抑心烦，没了灿烂。

缘聚缘散，学会随缘；钱多钱少，学会看淡。

一辈子太短，珍惜身边人。

这辈子要好点，下辈子难遇见。

能信你的人，别欺骗；
能疼你的人，别冷淡；能帮你的人，要感恩。

别争争吵吵，有话好好说；别勾心斗角，有事慢慢聊。

做真实的自己，最舒坦；做独特的自己，最值得。

当你羡慕别人住在高楼大厦里时，也许瑟缩在墙角的人，
正羡慕你有一座可以遮风的草屋；

心语·新语

当你羡慕别人坐在豪华车里，而失意于自己在地上行走时，
也许躺在病床上的人，正羡慕你还可以自由行走。

有很多时候，我们往往不知道，自己在欣赏别人的时候，
自己也成了别人眼中的风景。

我们奋斗的意义，不在于自己一定会取得多大的成就，
只是让我们在平凡的日子里，活得比原来的那个自己更好一点。

我们与其羡慕他人的智慧，不如自己勤奋补拙；
与其羡慕他人的优秀，不如自己奋斗不止；
与其羡慕他人坚强，不如自己百炼成钢；
与其羡慕他人成功，不如自己厚积薄发。

不管今天有多糟糕，只要我们不忘初心砥砺前行，
明天一定会更加美好！

几乎每个人都听过“不忘初心，方得始终”这句话，
却少有人知道下一句“初心易得，始终难守”。

做任何事情，难在坚持，也贵在坚持，
梦想成真靠坚守初心。

水滴石穿不是水的力量，而是坚持的力量。

坚持的能量不是相加，而是相乘。

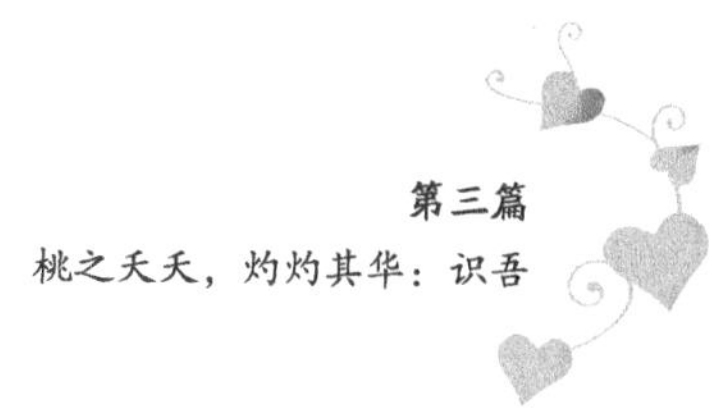

坚持有多残酷，你就有多坚强。

人生的每一刻，都是在为自己的明天铺路。

有一种变化叫成长，有一种力量叫坚韧，
有一种责任叫付出，有一种幸福叫安康，
有一种胸怀叫忍让，有一种快乐叫工作，
有一种关心叫鞭策，有一种收获叫舍弃。

最不幸的生活是生活在不幸的回忆中，
最不科学的生活是生活在不良的习惯里，
最不理想的生活是生活在覆辙中，
最绝望的生活是亲手埋葬自己的理想。

想要一时的繁荣可以种花，想要十年的繁荣可以种树，
想要世世代代的繁荣必须播种思想；
世界上有三种人：
第一种是失败的人，永远在解决昨天的问题；
第二种是平凡的人，永远在忙于今天的事情；
第三种是成功的人，永远在规划明天的梦想！

记得播种思想，学会规划明天，一定能收获自己的精彩人生！

世事有无常，生活艰辛。

有的人，慌忙于远方，走着走着，一不小心就背离了初心；
有的人，沉静于当下，走着走着，无形之中却靠近了自己。

生活告诉我们，你若是光，无人可挡。

一个人最好的状态，不是在别人眼里有多成功，
而是当你努力成为自己喜欢的模样后，
依然是一个有价值的人。

一个可以在任何处境中都可以带来正能量的人，
于人于己，都散发着由内而外的人格魅力，芬芳馥郁。

世界上有一条很长很美的路，叫作梦想。

还有一堵很高很硬的墙，叫作现实。

翻越那堵墙，叫作努力；推倒那堵墙，叫作突破；
坚定不移的过程，叫作定力；
不忘初心的努力，叫作信念。

走在人生路上，难免会有失落与坎坷，
你把它当作绊脚石，它就会让你一蹶不振；
你把它当作弹跳板，它就会让你登高望远。

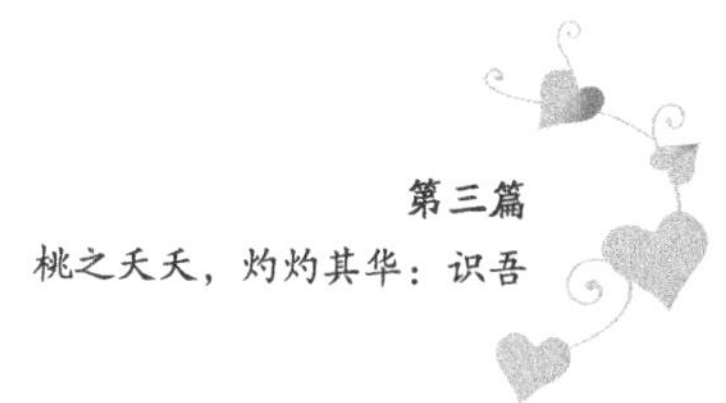

努力，本身就是一件会让我们觉得心安理得的事，
如果成功了，我们会心安理得地享受自己获得的一切，
即使失败了，我们也要能心安理得地放下，
然后继续大胆前行。

该我们养精蓄锐时，不要着急出人头地；
该我们刻苦努力时，不要企图一鸣惊人；
该我们磨砺心智时，不要妄求突然开悟。

我们的努力坚持得越长久，
自己未来的成长越更容易发生质的飞跃！

没有靠山，自己就是山！没有天下，自己打天下！
没有资本，自己赚资本！这世界从来没有什么救世主。

你弱了，所有困难就强了。

你强了，所有阻碍就弱了！

活着就该逢山开路，遇水架桥。

生活，你给我压力，我还你奇迹！

你的心若凋零，他人自轻视；你的心若绽放，他人自赞叹。

取悦自己，快乐人生。

把不忙不闲的工作做得出色，把不咸不淡的生活过得精彩。

幸福就是：平常间，有人想你；
落难时，有人帮你；年老时，有人陪你。

勤奋的人总是按时起床，乐观的人总是充满希望，
努力的人总能超越梦想，正能量的人总是自带光芒。

新年伊始，八句话送给自己：
让微笑之脸时刻相信自己，用自信之心时刻激励自己，
让上进之心时刻鞭策自己，让平和之心时刻磨炼自己，
让修炼之心时刻完善自己，让感恩之心时刻鼓舞自己，
让快乐之心时刻照顾自己。

目中有人，才有路可走；心中有爱，才有事所为。

自己喜欢的日子，就是最美的日子；
适合自己的活法，就是最好的活法。

以清净心看世界，以欢喜心过生活，
以平常心生情味，以柔软心除挂碍。

在乎自己，就要看轻人生的荣辱；
成就自己，就要看淡人生的得失。

荣也好，辱也罢，要坦然视之；

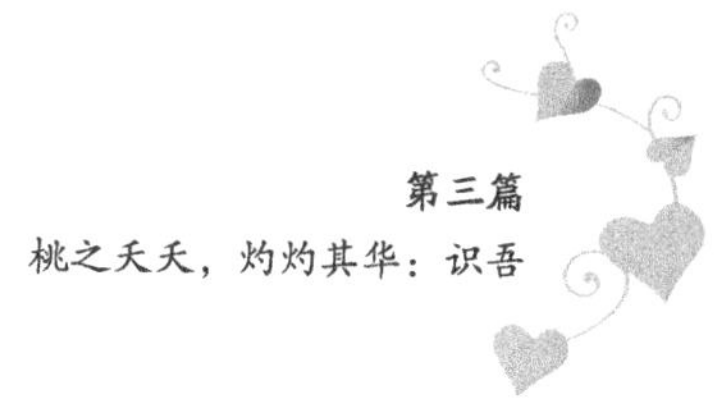

成也好，败也罢，要平和面对。

荣不骄奢，辱不丧志；得不漂浮，失不委顿。

没有人会永远幸运，没有人会永远不幸。

荣时，请一笑而过；辱时，也一笑而过。

一个人由青涩到成熟，除了自身的修炼，
还必须有时光的打磨、光阴的锻造。

岁月让我们学会了担当，学会了自己疗伤。

我们不再依赖别人，面对挫折，不再为自己找借口，
不再指望别人为自己遮风挡雨，我们为自己撑起一片蓝天。

即使遭逢冷落、背叛、委屈，
我们也只是在没人的角落里暗自疗伤，
在人前我们会依然优雅微笑。

因为我们知道，只有自己能拯救自己，
风雨过后一定会有彩虹。

读书，交友，做事，决定你的人生格局。

视野决定格局，格局成就人生。

一个人生活的广度决定了他的优秀程度，
生活的广度就是你的格局。

你读过的书，遇见的人，
经历过的事，决定了你未来的人生格局。

读书：改变气质，拓宽视野。

交友：相携相助，相互影响；做事：增长阅历，明白道理。

读书越少越容易对环境不满，读书越多越容易对自己不满。

读书少，看问题往往失于主观简单，归咎外因，牢骚抱怨。

读书多，看问题更加容易客观公正，谦逊沉着，志存高远。

少知而迷，无知而乱。

读书，视野提升，心胸开阔，拨云见日，迷途知返。

与其抱怨，不如读书。

人在旅途，书中铺有上升阶梯；
人在凡尘，流年似水天道酬勤；
人在人间，宽厚修得众生敬服。

星光不负赶路人，岁月不负有心人。

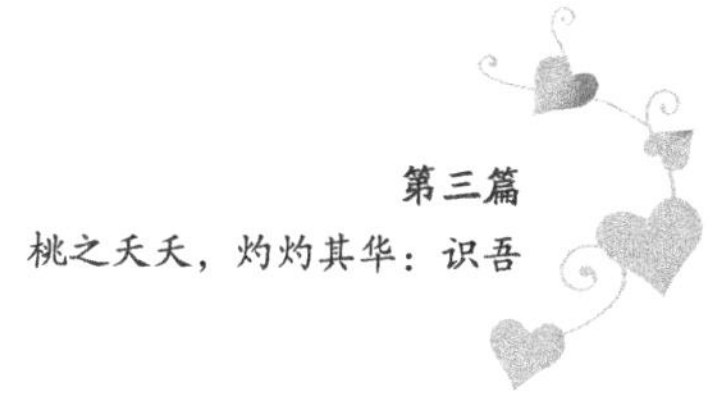

读书养才气，这是门槛最低的高贵；
勤奋养运气，这是成功的终南捷径；
宽厚养大气，这是最高的人格魅力。

努力读书，勤奋工作，宽厚待人。

努力需要讲究方法，打拼需要讲究技巧，
不是一味地付出和透支，就能换来最好的自己。

当你过度透支自己的时候，请对自己好一点；
当你失败的时候，也请千万别破罐破摔。

请记住，不是每一次出发，都能成功到达，
但只要终点不变，保持行走，你一样可以用别的方式抵达。

不要相信天上掉馅饼的事，天上掉下的多半是陷阱，
没有人会无缘无故地给你好处，
吃人嘴软，拿人手短，很多时候都是骗局。

成功，不是轻易做到的，幸福不是轻易得来的，
财富，不是大风刮来的。

奋斗，才有一切。

不管过去经历什么，不管现在生活得怎样，
在努力的年龄，好好打拼，给自己一个合格的答卷，
给人生一个满意的交代。

想成功，就得付出；想收获，就得吃苦。

不干，怎出成果？不拼，谁来帮你？
人一旦闲了，就丧失了斗志；人一旦懒了，就没有了骨气。

有本事的人，吃得了苦，受得了累；
没本事的人，偷懒耍滑，一事无成。

宁可累死，绝不闲死。

从来就没有什么大道理，
能让你不必付出就能人生逆转、一步登天。

真正有价值的一生，
总是需要你去行动，去做无数件别人不屑尝试的小事。

那些一直在一步步往前走的人，终会过上更好的生活。

有些努力是为了将来，而有些事情则是为了当下。

不要把人生过成任务，也不必每一件事都有始有终，
更不要因为看不到终点，就连起点都放弃了。

过好当下的每一天，只要日有所得，
那就是快乐而充实的生活。

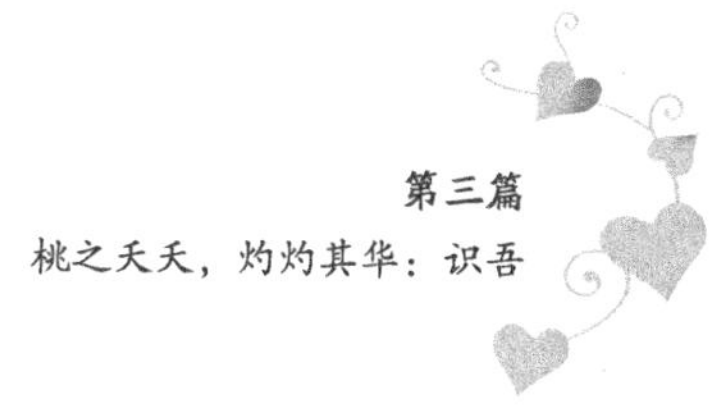

世上所有的好运，都是努力的代名词。

这个世界，从来不会有什么突如其来的好运和惊喜。

那些令人羡慕的人，都在你看不到的地方披荆斩棘。

天道酬勤的道理讲过很多次，但努力不是口头禅，
努力更不会是成功的“助推器”。

现在开始改变，一切都还来得及。

有目标的人在奔跑，没目标的人在流浪，
因为不知道要去哪里！有目标的人在感恩，
没目标的人在抱怨，因为觉得全世界都欠他的！
有目标的人睡不着，没目标的人睡不醒，
因为不知道起来去干嘛！

梦想这个东西，放在心中越重，离现实越远。

不要等着天上掉馅饼，也不要奢望上天对你的同情。

唯有去努力，才有可能看见一片新的天空。

我们不妨这么想，有结果的努力是锻炼，
没有结果的努力是磨炼，不管怎样，
每一种际遇都是你生命中不可或缺的元素。

不是每个人都能成为自己想要的样子，

但每个人都可以努力成为自己想成为的样子。

在工作中遇到问题，有的人只会两手一摊说不会，
有的人却能态度端正，解决问题。

很多时候，比能力更重要的，是你的工作态度。

态度端正的人，擅长合作；态度不好的人，耽误大家的时间。

别总说不喜欢这份工作，能做好不喜欢的工作，
才配得上更好的工作。

让生命安恬如花开，各自芬芳，守心自暖。

让年华走过素色流年，安暖陪伴，岁月静好。

生命的美，不在于它开得绚丽多彩，在于它的平和；
生命动人，不在于它的激情，在于它的平静。

唯平和，才见生命的广大，唯平静，才见生命的深远。

看尽繁华懂淡然，守心自暖过流年，
岁月静好暖陪伴，超越自我无遗憾！
城府感悟，有了然于心的平静，
就能豁达地懂得，人生不仅仅是获取与拥有，
有时放弃与失去，也是一种拥有。

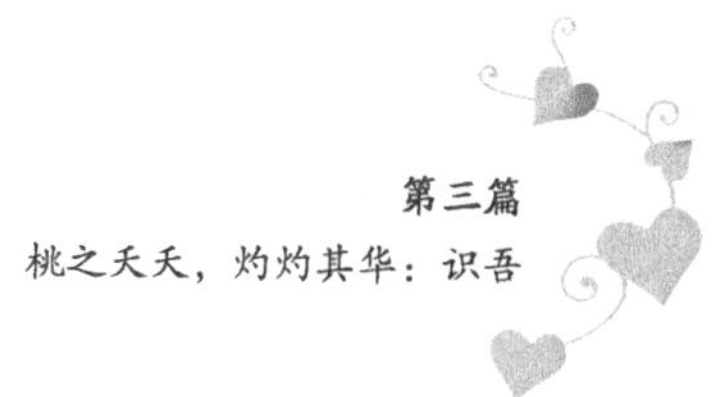

平静的心，一切安然，不增不减，温柔地聆听花开花落的声音。

拥有一双通透的眼睛，可以阅尽万千繁华。

不同的人眼神是不同的，
有的暗淡如死灰，无一丝光亮，徒留麻木；
而有的却灿烂若大海之上的星辰，点亮一片沉寂的海域。

一双通透的眸子和一颗玲珑的心可以带你发现美，品味美。

我们要学会放宽眼界寻找美，沉淀内心品味美。

只要我们用善于发现的眼睛追寻种种美好，
用善于品味的心灵体会种种美好，世界定会大放异彩。

人生最美好的季节莫过于青春，
青春是人生的黄金时代，青春是人生的宝贵年华。

然而，并不是每个人都能把握青春。

青春需要用勇敢和智慧去谱写壮丽的诗篇；
青春需要用自信和坚强去攀登艰苦的历程；
青春需要用无私的爱心去编织奉献的赞歌。

付给青春的是勤奋，青春偿还的是才华，
只有在青春里播下理想的种子，洒下辛勤的汗水，才会浇灌出希望之花，结出希望之果。

流年，在指尖缓缓滑过，回顾来路，
其实岁月待我们不薄，只是我们把日子过得那样惊心，
把岁月看得那般无常。

生命中没有四时不变的风景，
只要心永远朝着阳光，你就会发现，
每一束阳光都闪着希望的光芒。

心有阳光，何惧人生荒凉，愿我们平淡简单的生活，
每一天都是岁月无恙的好时光。

人最大的魅力，是拥有一颗阳光的心，
心无所求，便不受万象牵绊，心无牵绊，
坐也从容，行也从容。

幸福，一半在于心，一半在于情。

心，是感悟的源泉，是感觉的归宿。

情，是幸福的根源，是痛苦的本源。

要想幸福，就要淡然。

世事要尽心，烦恼莫入心。

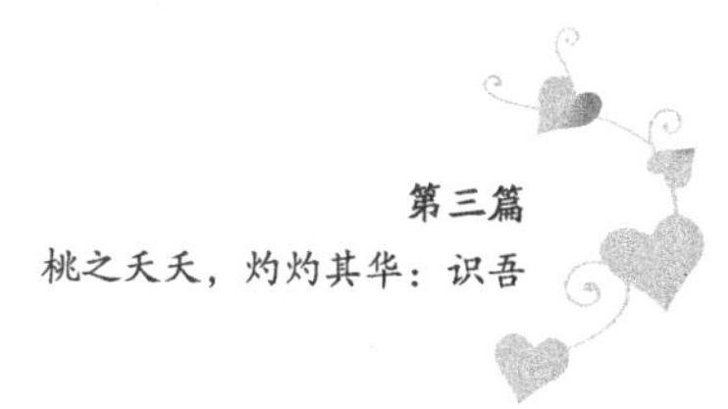

笑看风轻云淡，静观霜重雾浓。

人不能无情，但也不可滥情。

心中有想，情中有悟。

懂得包容，心自然会静；懂得理解，情自然会甜。

不乱于心，不困于情，不缠于物。

小时候，幸福是一件东西，拥有就幸福；
长大后，幸福是一个目标，达到就幸福；
成熟后，发现幸福原来是一种心态，领悟就幸福。

“简单逻辑”：化妆简单就端庄，歌曲简单就流行；
装修简单就舒适，衣着简单就大方；
手机简单就实用，感情简单就持久；
关系简单就牢固，朋友简单就真诚；
生活简单就安逸，心情简单就愉悦；
思想简单就幸福，追求简单就知足；
创意简单就可行，目标简单就靠谱。

小时幸福很简单，老来简单是幸福。

人生简单是真谛，学会简单不简单。

幸福真的很简单，简单真的就幸福！

幸福是一种心态，快乐是一种心境。

忙碌地奔波，依然可以选择欣赏四季的美丽；
重复的生活，依然可以选择品尝三餐的美味。

执一份简朴，不刻意追求，不盲目攀比；
守一份淡然，不求锦衣玉食，不求富贵荣耀。

学会与失落和解，让心变得轻松；
学会与挫折和解，让心变得坚强。

依心而为，有自己的品位，过快乐的生活；
依心而行，走自己的道路，享受幸福人生。

艰难困苦时泰然一笑，是一种大气；
进退维谷时平静一笑，是一种自信；
割袍断交时轻蔑一笑，是一种洒脱；
疲惫不堪时莞尔一笑，是一种自慰。

开口有笑，口笑心悦；
常开笑口，常有笑来；笑口常开，幸福快乐。

每一个清晨，给自己一个微笑，告诉自己：
人不仅活得要像钻石一样闪亮，还要像钻石一样坚强！
不唯唯诺诺、不杞人忧天。

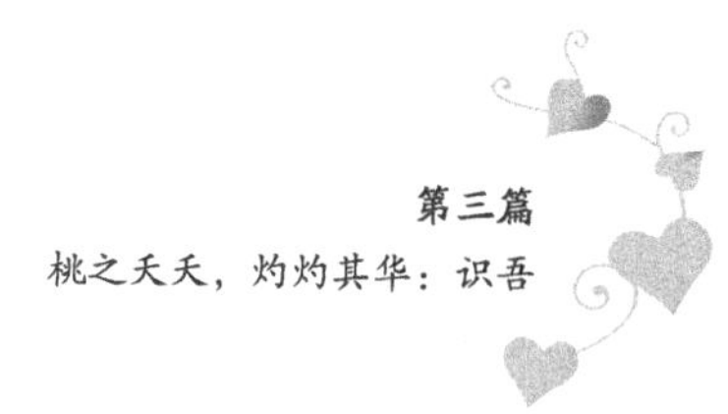

人生就是一个磨练的过程，
如果没有这些酸甜苦辣，你永远都不会成熟！
所以，我们应该在阳光下灿烂，
风雨中奔跑，泪水中成长，拼搏中展望，
对自己说一声：昨天挺好，今天很好，明天会更好！

面对一切事物，每天面带笑容，就能发现美好。

给他人三分阳光，馈自己七分快乐。

境由心生，相由心造。

生活幸福指数，取决于每天的心境。

通过改变人生态度，就可保持良好的心态。

学会享受过程，做到精彩每一天，自然享受美丽人生。

有一种微笑，虽经历风霜雪雨，依然灿烂；
有一种心态，虽经历繁华落寂，依旧淡泊；
有一种岁月，虽冷暖交加，依然静好；
有一种心境，虽经历人间冷暖，依旧温润；
有一种生活，虽忙忙碌碌，依然快乐；
有一种人生，虽经历千回百转，依然生动。

人生如歌，或悲或喜。

只要心中有一轮太阳，又何惧世事沧桑。

最好的爱情，不是完美无憾，而是你来了以后，再也没走；
最动听的情话，不是我爱你，而是我愿陪你一直到老。

喜相庆，病相扶，寂寞相伴。

愿年迈蹒跚，阳光和你仍在，每天都过情人节。

两个人之间，不怕吵得不可开交，就怕冷得不愿多聊。

吵架，说明还在乎；冷淡，表示没感情。

很多时候，发脾气是因为很在乎；
唠叨是因为太惦记；埋怨是因为太关心。

因为太在意才会乱想，不在意连想都不想。

当他变了，变得安静了，也就冷淡了；
变得无语了，也就寒心了。

别让在乎你的人变冷淡，冷着冷着，感情就没了，
静着静着，距离就远了，远着远着，联系就断了。

人世间最深的爱，是接受，不是忍受；

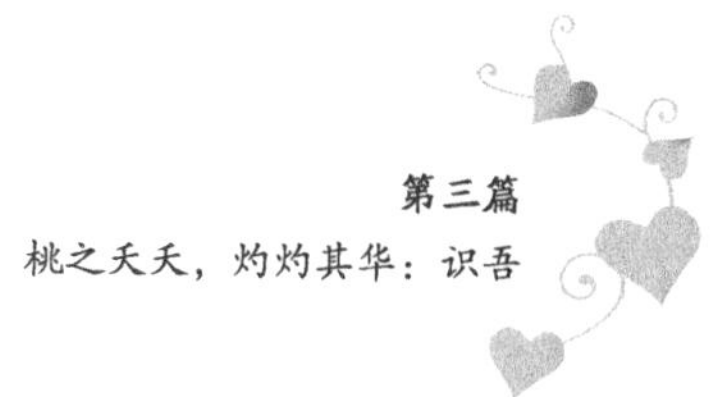

是支持，不是支配；是慰问，不是质问。

其实，爱不是寻找一个完美的人，
而是要学会用完美的眼光欣赏一个并不完美的人。

走过应该走的路，见过应该见的人；
接受别人对你的好，也接受别人的不好；
接受别人的到来，也应该接受别人的离去。

更要学会接受不完美的自己，
接受不可改变的现实，追逐不可预知的未来。

第四篇

一壶酒，一杆身，小桥流水慰风尘：琐味

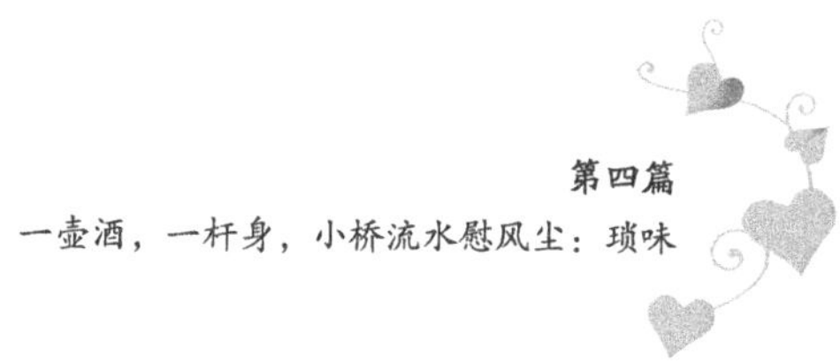

生活从不会十全十美，往往鲜花和荆棘并存。

别总想着怎样逃避困难，这世上最大的福气，
就是从未停止过的努力。

嘴上喊着难，脚下却在走，这就是你我的不平凡之处。

你三四月做的事，在八九月自有答案。

生活给予我挫折的同时，也赐予了我坚强，
我也就有了另一种阅历。

对热爱生活的人，它从来不吝啬。

要看你有没有一颗包容的心，来接纳生活的恩赐。

酸甜苦辣不是生活的追求，但一定是生活的全部。

试着用一颗感恩的心来体会，你会发现不一样的人生，
不要因为冬天的寒冷而失去对春天的希望。

真正的坚韧，应该是哭的时候要彻底，
笑的时候要开怀，说的时候要淋漓尽致，
做的时候不要犹豫不决。

心底有暖意，脸上有笑容，眼里有欢喜，幸福应如此。

难过的与快乐的，幸福的与忧伤的，
都是经历，也是曾经。

痛苦也是一天，快乐也是一天，何不快乐每一天。

在经历中承受，在奋斗中坚强，在光阴里修炼，在淡定中生活。

我们常常幻想着渺茫的诗和远方，
却忘了在现实生活中怀有一颗充满希望的心。

找到自己现实的位置，解放出一个自由的心灵，
在平凡的生活里找到乐趣与真味，
诗和远方其实就在眼前。

生活不会一路畅通，人生总有许多无奈。

苦过了，才知甜蜜；痛过了，才懂坚强；傻过了，才会成长。

有些人让你牵挂，却不能相守；
有些东西让你羡慕，却不能拥有；
有些错过让你留恋，却终生遗憾。

希望与失望，生命总有一些唏嘘；
憧憬与彷徨，人生总有一些空白。

每天面带微笑，享受快乐人生！

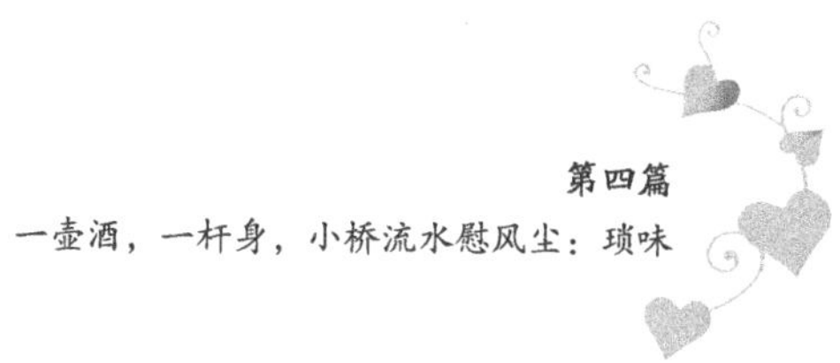

生活中，总有一些事实，你看穿了难以接受。

感情中，总有一些人心，你明白了难以抉择。

时间会告诉你，谁是真心对你，
值得相伴，谁是好心对你，值得永远。

也许，你看错了人，没关系，别灰心，
不要在一段情中伤痛太久，要学会转弯，懂得珍惜眼前。

时间会帮你慢慢筛选，让对的人，一直留在身边。

岁月风烟漫过的地方，是灵魂深处的宁静，是旅行途中的风景。

欣赏每一场花开，善待每一次花落，收藏每一束花果。

爱着晴朗的今天，憧憬美好的明天。

种下阳光，便会开出明艳的花朵；
种下善意，便会滋润枯萎的灵魂；
种下温暖，便会触发内心的善良。

在三千繁华中寻找淡定，在一尺宁静处安放内心。

人间五月天，承载着岁月的沧桑，承载着如诗的心语。

多少美好的故事，在此时萌芽；多少心动的初识，在此刻相逢。

五月炙热多情，瘦红肥绿山川大地，处处写意精彩篇章。

五月繁花似锦，欢庆着劳动者的汗水，纪念着青春者的节日。

五月福萌如海，回味温馨淳淳的母爱，感恩万物生灵的厚赐。

人活着，别活得太累，做平常事，
做平凡人，坐看云起云落，花开花谢，
就能获得一份云水悠悠的好心情。

每天忙碌地活着，忙碌是一种心情，
也是一种无法抗拒的使命；
人来到这个世界是不完美的，
我们经历的一切都是让自身完美的过程。

每个人的背后，都有别人无法体会的辛苦；
每个人心里，都有旁人无法感受的难处。

坚强的外表下，隐藏着不能诉说的心声；
微笑的表情下，掩饰着不可吐露的心情。

路一步一步地走着，留下的脚印，自己最清楚；
事一点一滴地做着，其中的滋味，自己最明白。

风雨之中，打伞也要前行；失败之后，带泪也要经营。

没地方喊累，因为这就是生活；没地方诉苦，因为这就是人生。

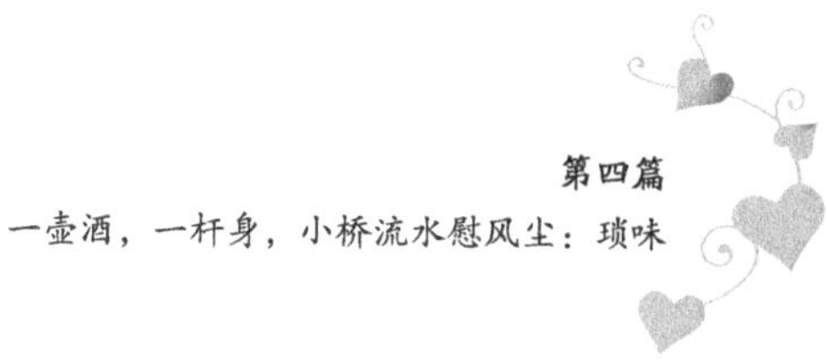

有钱，把日子过好；没钱，把心情过好。

别只看他人前面的风光，也要想他人背后的辛酸。

不要攀比，总盯别人的富；不要自卑，忽略自己的强。

有些人表面风光，但却并不开心；
有些人日子虽穷，但却面带笑容。

生活酸甜苦辣，犹如万千口味，
口味自己喜欢就好，口感适合自己就行。

活法不一样，结果也不一样：
如果你的生活以金钱为中心，你会活得很苦；
如果你的生活以儿女为中心，你会活得很累；
如果你的生活以爱情为中心，你会活得很伤；
如果你的生活以攀比为中心，你会很苦闷；
如果你的生活以宽容为中心，你会很幸福；
如果你的生活以知足为中心，你会很快乐；
如果你的生活以感恩为中心，你会很善良。

生活如一本书，它教会我们要光明磊落地做人，
要脚踏实地地做事。

身处顺境时不要趾高气扬，而要再接再厉。

身处逆境时不要垂头丧气，而要自强不息，

胜不骄败不馁，争取做一个更加优秀的自己。

无论路上有多苦多难，不要轻言放弃，要有承受失败的能力，更要有振作起来、重新开始的勇气。

相信坚持到底，就有成功的机会。

如果中途放弃，就意味着彻底地失去。

生活中许多“无法做到”的难题，
其实往往是被周围的环境所迷惑，被自己的预判所吓倒。

真正让我们感到为难的不是事物本身，
而是我们自己那颗浅尝辄止的心。

把大目标分解为小任务，一关关地去闯，
只要你用心浇灌，梦想自会开花结果。

路一步一步地走着，留下的脚印自己最清楚；
事一点一点地做着，其中的艰辛自己最明白。

成功时，对着你笑的人会很多；
遇挫时，真心包容你的会很少。

与其烦恼，不如顺其自然；与其羡慕，不如拼搏努力。

人人都有快乐之时，不必比较；人人都有成功之日，无须仰慕。

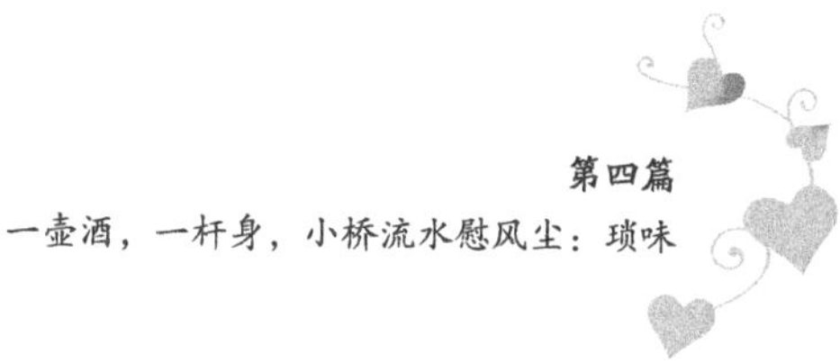

日子，要的是知足；生活，要的是幸福。

鞋子再漂亮，不合脚也别要，勉强穿上只会伤了自己。

生活从来没有完美，只有适合自己的才是最好的。

每个人有每个人的生活，别只看到他人的风光，
也要想想他人背后的辛酸。

眼睛总盯着别人看，就会忽略自己的美。

一家不知一家愁，再成功的人也会有烦心事。

有些人表面风光，生活得却不开心；
有些人日子虽穷，但却面带笑容。

生活，不求完美，适合自己就好。

常听人说工作很累，干活很苦，心里很烦。

也有人说，自己苦苦支撑着一份毫无价值的工作，
看不到任何希望。

殊不知，没有谁的工作不辛苦，也没有谁的工作无价值。

上班，是我们安身立命的本钱，是我们走向美好未来的唯一途径。

心语·新语

生活，有高峰有低谷，而我们唯一能做的就是与处境抗争，
可以被打倒、可以被虐哭，但绝不能被打败。

这世间哪有那么多伟大的工作，
把平凡的工作做到极致就是一种伟大。

家，不是擂台，不需要摇旗呐喊，论谁胜败；
家，不是股市，不需要小心翼翼，处处提防。

家，是温暖的港湾，
不管你在何方，都会坚定不移地等着你归来。

家是宁静的，家是温暖的，家是甜蜜的，家也是安定的。

家，是安心的所在，不管你多疲惫，
她都会笑脸相迎地为你解难。

家，很普通，伴侣、孩子、父母。

家，很平淡，生活、工作、吃饭。

但只要每天看到家人的笑脸，听到亲人的暖言，就是幸福。

日子，需要知足，才会幸福；家庭，需要容忍，才有笑声。

世界再大，大不过一颗心；走得再远，远不过一场梦。

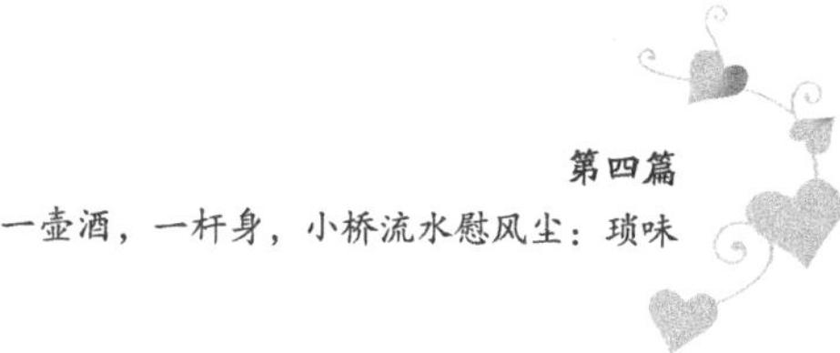

一个人最大的幸福，就是有人在乎；
一个人最大的快乐，就是做事宽容。

心幸福了，日子才轻松；人自在了，一生才幸福。

一些理无须较真，一些情只求懂得。

两颗心相互依偎才是真，两双手相互搀扶才能久。

心要宽，生活才温馨；人要善，日子才安宁。

繁华落尽是平淡，喧嚣之后乃安详。

生活只有在那些内心空虚的人看来，才是枯燥无味的。

没有人能完美无缺，也并非所有的事都能如愿，
在平凡的人生之旅中默然前行，
穿透人世间的荣辱成败、是非恩怨的重重迷雾，
从容中还善良以善良，还山水以山水。

年华中与时光相安，岁月中与亲人温暖，
淡淡地微笑生活，淡然中，有原谅，也有宽容；
有安然，也会有期待，微笑中便会产生一种温馨和美。

生活，是一张胶片，每个人都是自己的风景，
没有谁可以复制谁，没有哪一个今天可以重复昨天的故事。

心语·新语

学会开心，给自己一份明媚；学会自信，
给自己一份温暖；学会承受，让心领悟坚强。

风景，因走过而美丽；人生，因行进而精彩！

生活告诉我们，有时候睁眼不如闭眼。

当我们闭上眼睛，关照内心，你会发现，
读懂自己，你就读懂了别人；看清内心，就是看清了世界。

人生淡然如花，自然一路芬芳。

花红不为争春春自艳，花开不为引蝶蝶自来。

花儿的岁月，默默地生长，静静地开放，优雅地生活。

不求大红大紫，只愿春来次第开，春去渐入尘。

一生美丽过便是不枉，蝶来蝶去随蝶意。

人生的美丽，不在于争，而在于守。

生活有两条路要走，一条是必须走的，一条是你想走的。

你只有把必须走的路走漂亮，才可以走你想走的路。

你现在的确很辛苦，可是没有现在的苦，
又哪来以后的甜？
如果现在不努力让自己过上想要的生活，

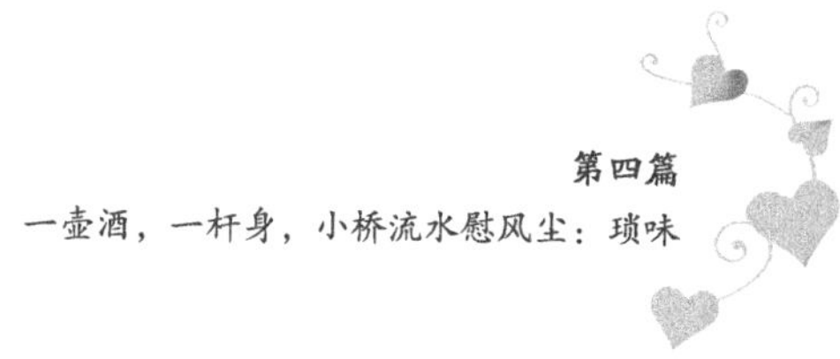

那么以后就会去过你不想要的生活。

与其被生活拉着走，不如去挑战去征服，
努力活成自己所期待的样子。

人生实苦，生活不易。

但请务必相信，当你努力奔跑的时候，
全世界都会给你让路。

漠漠秋云起，稍稍夜寒生。

思绪还在夏末，转眼秋意渐浓。

落叶归根，北雁南飞，光阴飞逝。

收起自己的懒散，藏起自己的骄纵，
学会自律地生活，活出精彩的自己。

生活中，控制饮食，加强锻炼，少熬夜，多健身；
工作中，提高效率，兢兢业业，少偷懒，多做事。

忙碌时，认认真真办事，勤勤恳恳工作；
空闲时，少玩手机，多去走走。

愿你爱的人，能陪你看遍江灯渔火，聊纸短情长；
愿爱你的人，会为你披上一袭外套，挡世间薄凉。

生活本不苦，苦是因为欲望过多；
心灵本不累，累是因为攫取太甚。

幸福，既是你想象的，更是你感受的。

如果懂得珍惜自己拥有的，那么人生无处不是幸福的花香。

不攀不比，心淡然；不怒不嗔，心随和；不艾不怨，心坦然。

人生无完美，曲折亦风景。

看开想通，就是完美；看淡放下，也是风景。

学会挥袖从容，知足才能常乐；懂得理解宽容，感恩就会幸福。

生活中学会吃亏是福，不要让心中的贪欲过度膨胀。

以甘愿吃亏的心来面对一切，如此才能活得自在。

爱占便宜的人，终究占不了便宜，捡到一棵草，失去一片草原。

心甘情愿吃亏的人，终究吃不了亏，
能吃亏的人，人缘必然好，人缘好的人机会自然多，
人的一生能抓住一两次关键机会，足矣。

新的一年，请逼自己养成几个好习惯：
早睡早起，爱惜身体；生活从简，学会拒绝；

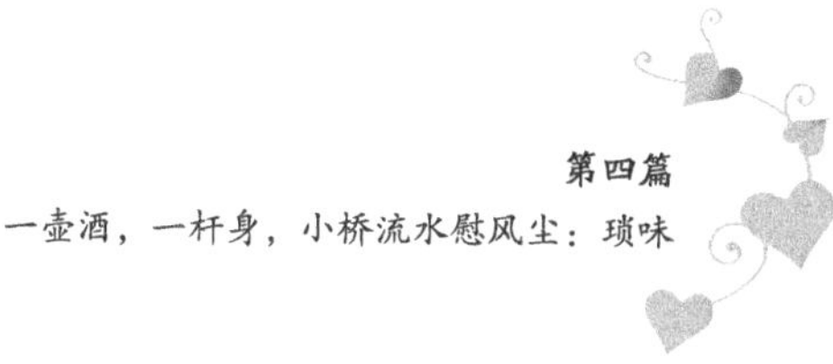

坚持运动，勿忘读书；平和心态，享受独处。

生活总有艰难困苦的时刻，人生要有迎难而上的勇气，
唯有如此才能不负时光、不负自我。

愿你不妥协、不气馁、不将就，脚踏实地，
坚持好这几个习惯，一步一步地朝着你想要的未来努力。

时间是把无情的刀，雕刻着我们流失的岁月，
当我们能理解时间珍贵的时候，
才发现好多大把大把的时光，
在不经意间已悄悄溜走，它见证了我们的经历，
记载着我们的悲喜，无论你怎么留恋，都无法挽回。

五味杂陈人生路，曲折坎坷要面对，
心有阳光岁月好，信步当下觉欣慰！
人生只有经历，才会懂得，只有懂得，才知道珍惜，
让我们携一抹浅笑，体会岁月静好，
来日并不方长，莫负大好时光。

燕子去了，有再来的时候；杨柳枯了，有再青的时候；
桃花谢了，有再开的时候。

然而时光无情，总以为岁月很长，却是日子如流水。

失去了才懂得当初的可贵，消逝了才懂得时间的宝贵。

与其感叹时光的悄然流逝，不如珍惜时光的今天明天。

人生幸福四件事：
一是安详地睡在家里，二是吃父母做的饭，
三是听爱人讲情话，四是跟孩子做游戏。

往事清零，余生可期，放下繁杂的琐事，
推掉无用的应酬，少玩手机少刷剧，好好陪伴家人吧。

最好的生活是用心甘情愿的态度，过随遇而安的生活。

人生，永远不可复制，痛苦只是一种撕心裂肺的体验，
让人更加坚强，更加珍惜；
岁月，永远不会回头，放弃是一种无可奈何的选择，
让心更明朗；
生命，永远不能重启，尽管艰难，尽管有泪，
也有日出，日落，风景永远在路上，幸福永远在心里。

在笑声中迎接生命，在哭声中结束生命。

一笑一哭，生死由天。

一生也就三个阶段，第一个阶段青春无悔，
第二个阶段柴米油盐，第三个阶段老有所依。

人生短暂，时光如梭。

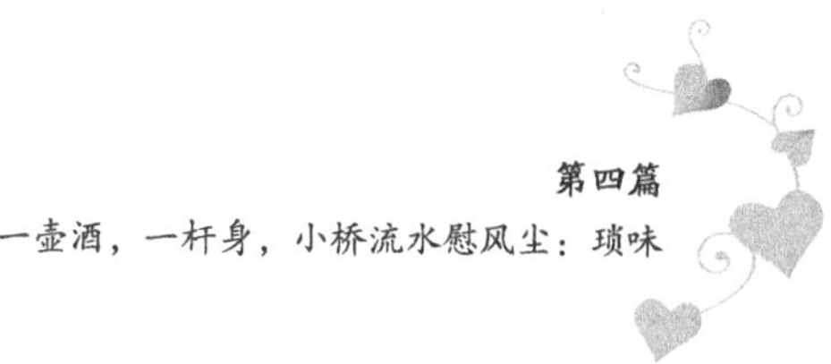

好好珍惜活着的每一天，好好珍惜拥有的一切。

亲情也好，友情也罢，一旦错过，难以相遇。

缘分天注定，聚散不由人。

来，加倍珍惜；走，无须留恋。

父母健在，知己二三，亲人安康，一生足矣。

珍惜，不是嘴上说的不离不弃，而是行动上的有情有义！

真情，不是承诺上的甜言蜜语，而是内心里的时刻惦记。

同甘共苦的朋友，别算计；血浓于水的亲人，别嫌弃；
雪中送炭的恩人，别忘记；风雨同舟的伴侣，别抛弃！懂得珍

惜才配拥有，不懂珍惜不配拥有。

看淡了，是是非非也就无所谓了；
放下了，成败得失也就那么回事了。

珍惜今天，珍惜现在，谁知道明天和意外，哪个会先来。

唱歌可以跑调，但做人，不能频频走调。

快乐有三法：舍得、放下、忘记。

快乐有四要素：
可以改变的去改变，不可改变的去改善，
不能改善的去承担，不能承担的就放下。

人不会苦一辈子，但总会苦一阵子。

许多人为了逃避苦一阵子，却苦了一辈子。

不要去羡慕别人的表面风光，
其实每个人都有自己内心的苦。

烦恼不过夜，健忘才幸福。

日子，需要知足才会幸福；家庭，需要容忍才有笑声。

世界再大，大不过一颗心；走得再远，远不过一场梦。

心幸福了，日子才轻松；人自在了，一生才值得。

一些理无须明白，只求懂得；一些事无须较真，只求理解。

两颗心相互依偎，两双手相互搀扶，这是幸福。

人要善，生活才温馨；心要宽，日子才安宁。

人生的荒唐，最大的就是攀比。

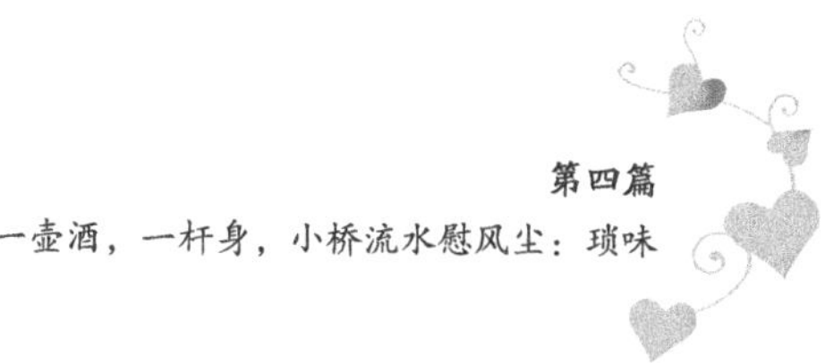

和优秀的人攀比，使我们自卑；
和不如自己的人攀比，又使我们骄满。

终日攀比，使我们心绪难以安定，不能自在；
也使得很多人都迷失了自我，失去了生活的真正的意义。

最好的选择，是学会释怀，一念之间，天地皆宽。

不乱于心，不困于情。

尺有所短，寸有所长。

聪明人把精力用于努力，而不是处处攀比。

心态，会支撑你一路的发展；
眼界，会决定选择的方向；
格局，会意味着你成就多大的事；
毅力，会支撑你能够走多远；
用心，注定会做出成就！

成功不在于起点，在于是否坚持自己的目标！

一切在于自己，心在哪里，收获就在哪里！

心有猛虎，细嗅蔷薇。

再忙碌奔波都要有自己的心灵花园，存放整日劳顿的灵魂。

学会欣赏生活中的美好，懂得珍惜生活中的点滴。

知足常乐，达观豁达，洒脱超然，才能不会那么疲惫；
张弛有度，刚柔兼备，从容不迫，生活才不会那么艰辛。

拿得起、放得下，生活就会越来越精彩。

放空的心，是最好的礼物；独走的路，是最美的风景。

酸甜苦辣是食物的味道，喜怒哀乐是生活的味道。

宁可累，也别闲；宁可无，也别贪。

忙碌才能充实自己，播种才能有所收获。

把心胸放宽，把格局放大，把目光放远。

遇见了就感恩，错过了就释怀。

有些人，付出了，还是改变不了，就随遇而安；
有些事，努力了，还是实现不了，就顺其自然。

时间，最懂人心，让更好的感情，变得更好；
让更深的感情，变得更深。

时间，会让过去的事，走得越来越远；
会让告别的人，变得越来越浅。

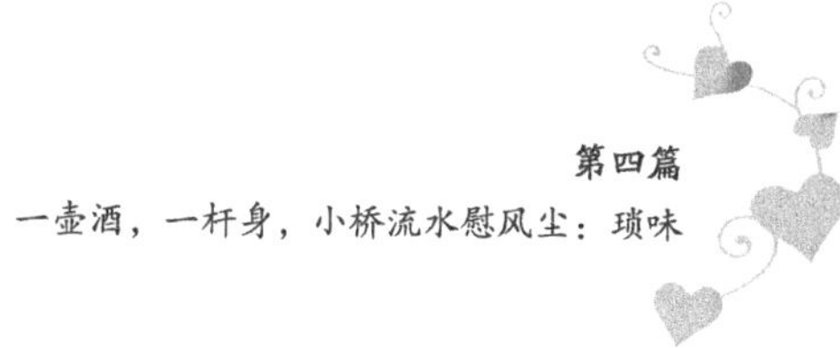

天天开心过，不计较，不让烦恼绑架了幸福；
时时心宽过，不较真，不让计较绑架了心胸。

与其在计较中痛苦，不如在豁达中放下。

人生的苦，来自太计较，大较真；
生活的累，来自舍不得，放不下。

越计较越纠缠，越纠缠越痛苦，
越痛苦越放不下，越放不下越舍不得。

人生快乐，在于释怀，
放下苦痛，丢弃悲愁，不去回忆，不去纠结。

我们都想幸福快乐地生活，然而现实却事与愿违。

微笑前行，从来不晚。

人生天地间，忽如远行客。

再难受又怎样，生活还要继续。

最了不起的人，不是拥有一切美好的人，
而是把一切都变成美好的人。

小时候我们不理解父母为什么可以那么早起床，

长大后才明白，叫醒他们的不是闹钟，而是生活和责任。

哪有什么岁月静好，只不过有人在替你负重前行。

在富有之前，必须努力工作，
为了抵御未知的风险、为了保护最亲的人，
必须为生活不懈奋斗。

过于执着，禁锢自己；学会加减，放下负重。

放下一处烦恼，收获一份快乐；
放下一处忧愁，收获一份心安；
放下一种偏见，收获一份宽容；
放下一处执着，收获一份淡然。

卸下身上的负重，心才会释然；
卸下心中的负累，人才会轻松。

人生无常，有得有失。

看淡，心情才愉悦；放下，生活才幸福。

人生不长，不要想得太多；生活不易，不要计较太多。

卸下负累，往事随风，让心归零，好好活着。

每个人生活的背后，都有不为人知的辛酸。

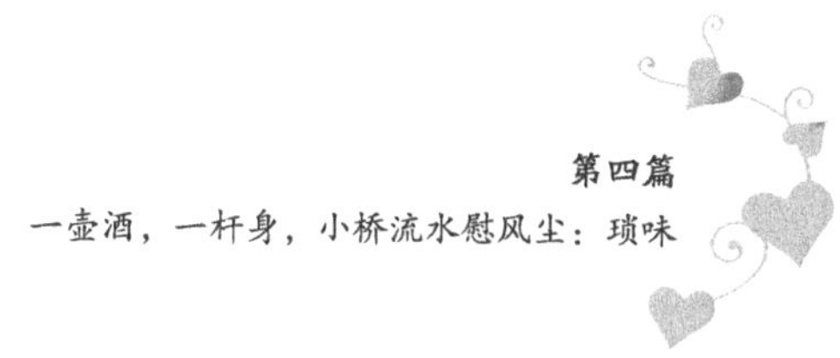

辛苦，自己扛住；泪水，自己擦干；伤口，自己抚平。

人生中的坎坷与磨难，拼搏中的苦乐与悲欢，
只有经历过的人才能真正体会；
生活中的酸甜与苦辣，前行中的曲折与风雨，
只有承受过的人才能真正品味。

生命无常，没有来日方长；人生短暂，没有从头再来。

活好当下，珍惜眼前，量力而行，自我保重。

没有一份工作是不辛苦的，为了生存，
或者更好地生存，你必须去做。

能苦中作乐最好，能调整状态最好，
能自我激励最好，能找到更好的去处最好。

好的人生，都是从苦里熬出来的。

熬过了必须的苦，才能过上喜欢的生活。

人生有的时候就得苦熬。

要不就强大到可以自由选择，要不就闭上嘴埋头苦干。

时光荏苒，用心生活。

不要盘算太多，不要计较太多。

顺其自然，随遇而安。

生命如一场旅行，高高低低都要走过，小草大海都要游览。

痛苦的时候不妨沉默，看不惯的可以眯眼。

简单的事，想深了，就复杂了；复杂的事，看淡了，就简单了。

有些事，笑一笑就能过去；有些事，过一阵就能笑笑。

把握自己，调整心态。

天下之事岂能尽如人意，人生之事岂能事事顺心。

做人但求无愧于天地，做事但求无憾于人生。

很多人喜欢拿“顺其自然，
随遇而安”来安慰自己，敷衍人生道路上的荆棘坎坷。

殊不知，真正的顺其自然，
是竭尽所能之后的不强求，而非两手一摊的不作为。

与其对当下的生活满腹牢骚，不如努力去改变。

也许只要你再尽力一点点，就能看见另一番风景。

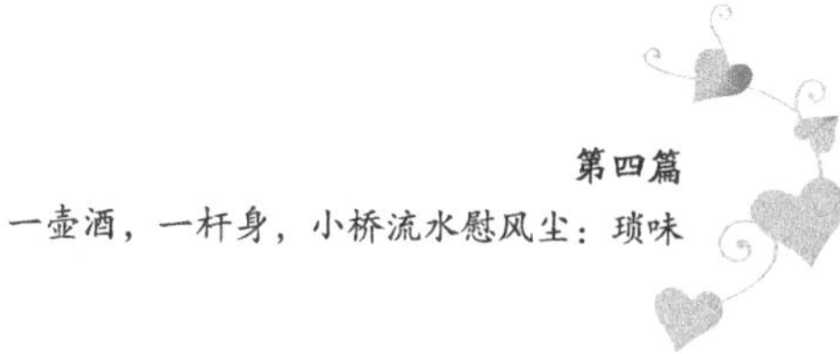

如果人心如天空一样宽广博爱，就会包容得更多；
如果人心如大地一样广袤踏实，就会活得心安理得；
如果人心如大海一样深沉，就会波澜不惊。

生活纷杂，即使你竭尽全力地投入，也难得事事顺心如意。

因为世间没有绝对的公平，
所以不必去纠结曾经辛苦的付出，是否都有所回报。

人生，就是一边拥有，一边失去。

得到的要百倍珍惜，失去的不要回味，未实现的继续努力。

花无言，有人欣赏；水无语，缓缓流淌。

心自明，人到中年；心有悟，人生过半。

有些事，不是不懂，是太懂不忘。

有些话，不是不说，是不说也懂。

生活随计较而烦恼，过欲无益；心情随生活而生动，多想易累。

让心随遇而安，是一种境界，只有心静才有快乐；
让心顺其自然，是一种抉择，只有心宽才有幸福。

静水流深，知足常乐。

心语·新语

再富有的人，也有烦恼；再幸福的人，也有忧伤。

没有谁事事如意，没有谁件件顺心。

学会知足，就是幸福；不去计较，就是快乐。

不和别人比，好好活自己。

不忧伤过去，你的人生就是诗意；
不担心未来，你的世界就是美好；
把握好当下，你的生活就是幸福。

攀比的人活得疲惫，是因为想太多被利欲的诱惑所牵绊；

多心的人活得辛苦，是因为太容易被别人的情绪所左右。

心简单，世界就简单，幸福才会生长；
心自由，生活就自由，快乐就会相伴。

得意时要看淡，失意时要看开。

人心是相互的，你让别人一步，别人敬你一尺。

人心如路，越计较，越狭窄；越包容，越宽阔。

予人方便，就是待己仁厚。

知足之法，即是富乐安稳之处。

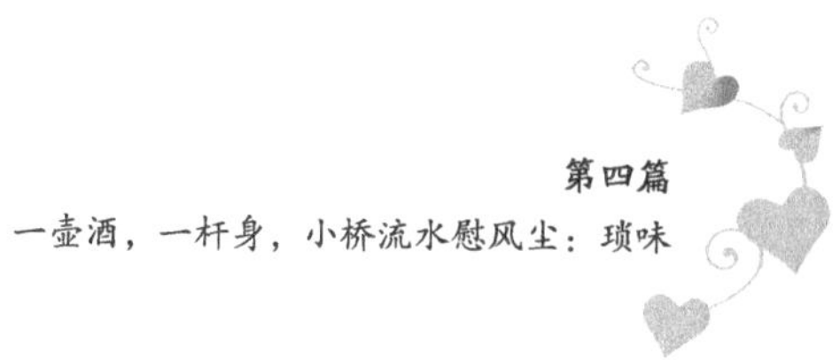

知足之人，虽卧地上，尤为安乐；
不知足者，虽处天堂，亦不称意。

不知足者，虽富而贫；知足之人，虽贫而富。

没有一劳永逸的捷径，没有照搬全抄的经验，
没有万无一失的抉择。

面对诸多选择，拥有三种路径：放下，忘记和珍惜。

学会去取舍，知道去判断，懂得去掂量。

该放下时别逞强，该忘记时别较劲，该珍惜时别任性。

活得更洒脱一点、从容一点、简单一点，
生活会美好一点、澄明一点、通透一点。

放下那些再努力也无法得到的人，
放下那些再付出也无法相聚的情。

放下那些无穷的贪念，放下那些无用的抱怨。

不能光说不练，保持坚持的力量和忍耐；
不能光听不思，改变懒散的自己和迷茫的心态；
不能光想不做，前行选择的方向和努力的目标。

放下曾经的遗憾和懊悔，放下现在的烦恼和纠结。

钱多钱少不重要，心态阳光才重要；
情深情浅不重要，心情快乐才重要。

生活活出甜味，多多取悦自己，做个快乐的人。

总有人不懂知足，明明生活安稳，却说乏味；
总有人不懂心宽，明明工作轻松，却说太累。

烦恼源于比较，忧愁源于计较。

很多时候不是不幸福，
而是只看到别人表面风光，忘记别人背后的辛劳。

学会用好心态去面对，幸福才能一直伴随。

人生短暂，钱财够用就行；生命无常，身体健康才好。

得不到的就不要，已失去的全忘掉。

过好自己的日子，放下负累；守好自己的幸福，轻松前行。

看淡得失，珍惜拥有。

不要争争吵吵，人生一晃就老；不要斤斤计较，时光越来越少。

不要总与人比，只需超越昨天的自己；
不要忧虑太多，只需善待今天的自己；

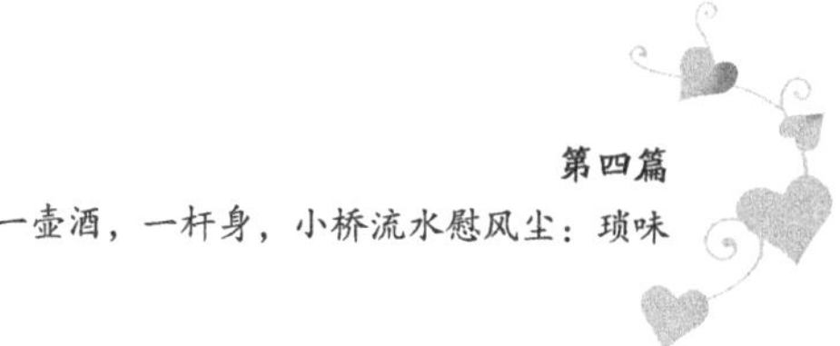

不要计较付出，只需收获明天的自己。

和谁在一起轻松、舒服、愉悦，就和谁在一起。

听，最想听的声；见，最想见的人；干，最想干的事。

生活不简单、尽量简单过；人生不完美，快乐活自己！

人生适度，讲究分寸。

七分清醒，明了是是非非，坚定做好自己；
三分糊涂，于人留些体面，于己学会豁达。

七分知足，安安稳稳过生活，不过分攀比，不过分苛求；

三分野心，创造机遇谋发展，懂坚持不懈，知趁势而上。

三分糊涂，活得坦然；七分知足，过得舒畅。

行随心走，平安喜乐。

人到中年，余生不长，别讨好，别迁就。

别以为妥协示弱，别人就能领情；
别以为委屈顺应，对方就会感动。

靠迁就别人强求的，终究不牢靠；
靠委屈自己交换的，终究不长久。

压抑的状态久了，自己容易崩溃；
弯腰的时间长了，别人容易看低。

生活本来不易，不必讨好别人，不必弄丢自己。

高兴了就笑，难过了就哭。

该拒绝的绝不答应，该坚持的绝不妥协。

看不惯的不再迎合，得不到的果断放手。

余生不长，不要强忍眼泪；生命短暂，别再委屈自己。

身在万物中，心在万物上。

从为一点小事矫情，到学会了冷静，知道了什么叫不值得；
从泪水涟涟四处渴望同情，到懂得了安静，知道了什么叫沉默。

经历了流年聚散，体会了人情冷暖；
经历了物是人非，学会了自我疗伤。

有苦，自我释放；有泪，欣然品尝。

风吹雨打知生活，苦尽甘来懂人生。

第五篇

天涯相逢处，交契重河山：遇见

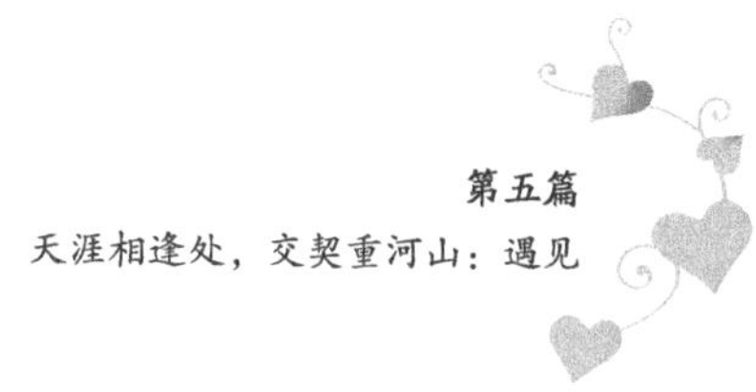

与凤凰同飞，必是俊鸟；与虎狼同行，必是猛兽！
你能走多远，看你与谁同行跟随的人是谁！
人抬人抬出伟人，你把身边的人都看成宝，
你被宝包围着，你就是“聚宝盆”。

你把身边的人都看成草，你被草包围着，你就是草包。

人生，就是要懂得放大别人的优点，
欣赏别人的长处，才能相互协作，
相互支持，相互成长，价值共赢！

无缘的人，说话再多也是废话；有缘的人，无语也能心心相印。

好感情，不是追逐，而是相吸；
不是纠缠，而是随意；不是游戏，而是珍惜。

浓淡相宜间，是灵魂的默契；远近相安间，是自由的呼吸；
冷暖相处间，是距离的美丽。

心懂，可以肆意畅谈，也可以沉默不语；
心知，可以朝夕相处，也可以久而不见。

走过的路，脚会记得；爱过的人，心会记得！

在现实生活中，你和谁在一起的确很重要，
甚至能改变你的成长轨迹，决定你的人生成败。

和什么样的人在一起，就会有什么样的人生。

和勤奋的人在一起，你不会懒惰；

和积极的人在一起，你不会消沉；
与智者同行，你会不同凡响；与高人为伍，你能登上巅峰。

积极的人像太阳，照到哪里哪里亮；
消极的人像月亮，初一十五都一样。

态度决定一切。

有什么态度，就有什么样的未来；性格决定命运。

有怎样的性格，就有怎样的人生。

真正的朋友，无须相从过密，不用推杯换盏，没有繁文缛节，
没有利益交换，彼此之间无欲无求，心照不宣。

真正的朋友，是一种高尚的人格魅力的感召，
是两个灵魂同时飘香的体现，是灵魂的芬芳。

真正的朋友是可以帮你认清自己的缺点和优点，
对朋友敢说不，有什么说什么，以心换心，
不能把对朋友的善意提醒当成对自己有看法。

真正的朋友，是君子之交淡如水，平平淡淡才是真。

走着走着，彼此相识了；来着往着，彼此友好了；
处着处着，情投意合了；亲着密着，莫逆之交了；

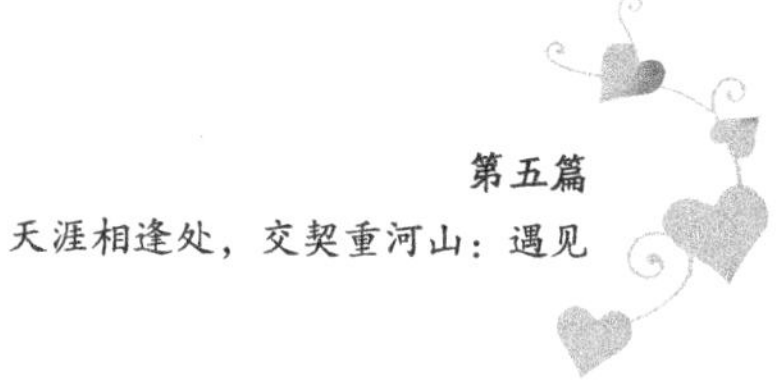

这个时候，你兄我弟，相见恨晚了；
此时此刻，你姐我妹，密不可分了。

人与人的相处，短期交往看脾气，
长期交往看德行，一生交往看人品。

脾气的好坏，决定开始的相处；
德行的高低，决定交往的质量；
人品的正邪，决定一辈子的情感。

你今生遇见的人里，陪伴你的人，让你知道什么叫温暖；
离开你的人，让你明白什么叫心酸；
伤害你的人，让你懂得什么叫防备；
讨厌你的人，让你感受什么叫冷淡。

那些出现在你生命里的人，
就是为了给你上一课，让你知道自己有多傻。

欺骗你的人，不要再恨，伤害你的人，
不要再怪，要恨就恨缘分尚浅，要怪就怪感情易变。

这一生，你遇见的每一个人，
每一个遇见你的人，其实都是注定好的。

若无缘，不会遇见，若不欠，不会出现！

每一份缘都要感激，每一段情都要珍惜，
不管是陪伴还是转身，不管是一程还是一生，
能遇见就是缘分，哪怕从此一别两宽，
就算余生再也不见，那也是一份珍贵的留念。

人与人之间，最大的吸引力，
不是你的容颜，不是你的财富，也不是你的才华，
而是你传递给对方的信赖和踏实、真诚和善良。

人生，并不全是竞争和利益，更多的是相互成就，彼此温暖！

不是所有的人都能成为朋友，
不是所有的情都值得你去珍惜。

时间是一剂良药，它会沉淀最美的感情，
也会带走留不住的虚情。

缘分，需要珍惜和双向互动；感情，需要感恩和双方呵护。

爱不是单向，情不是索取，
懂得珍惜才会持久，知道不易才能永恒。

爱得无怨，疼得无悔，只因不图任何回报；
爱到卑微，疼到廉价，只因入心入髓。

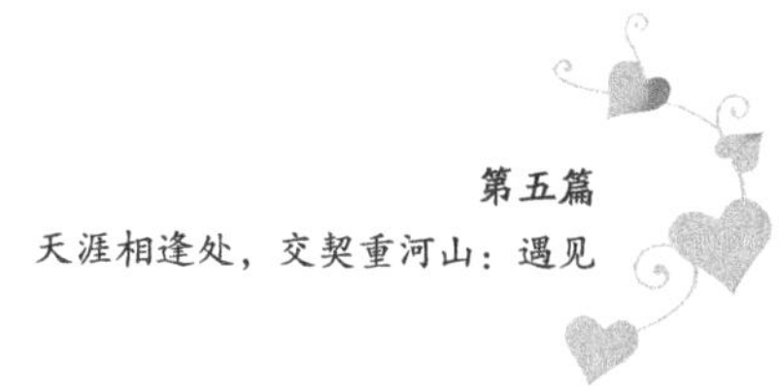

真情不真情，时间做证明。

谁行谁不行，患难见深情；谁好谁不好，遇事见分晓。

伸手拉你一把的人，不能忘；转身离你而去的人，不必想；
真心实意待你的人，不能伤。

时间，会把重情重义的人留下，会把无情无义的人冲刷。

时间，会让你放下无意义的牵挂，会让你珍惜最幸福的当下。

这个世上什么最公正？时间能给一切做证明！

谁行谁不行，患难见真情；谁好谁不好，遇事揭分晓。

伸手拉你一把的人，不能忘；转身离你而去的人，不必想；
真心真意待你的人，不能伤；
虚情假意的不是真兄弟，真兄弟穷了富了不分离；
是真闺蜜，哭了笑了在一起；是真情义，风里雨里不相弃。

那些看不清的人，弄不懂的情，想不通的事，猜不透的心，
都统统交给时间吧！

时间会把重情重义的人留下，时间会把无情无义的人冲刷，
时间会让你放下无意义的牵挂；时间会让你珍惜最幸福的当下。

物以类聚，人以群分。

什么样的人交什么样的朋友，什么样的人进什么样的圈子。

人品端正的人，必然会结交修养好的人，
努力奋斗的人，一定会走进成功人士的圈子。

努力的朋友，会拉着你奋斗，靠谱的朋友，会带着你进步。

一个好的圈子，传播的是正能量，让人积极向上。

一个不好的圈子，传递的是负能量，让人消极沉沦。

圈子影响人的一生，朋友影响人的品行。

人生最幸福的四件事：
有人信你，有人爱你，有人帮你，有人懂你。

遇见不论早晚，真心才能相伴；
朋友不论远近，懂得才有温暖。

轰轰烈烈的，未必是真心；默默无声的，未必是无心。

把一切交给时间，总会有答案。

平淡中的相守，才最珍贵；简单中的拥有，最安心。

不要等到口干了，才想起喝水，
不要等到人心远了，才想起要维护。

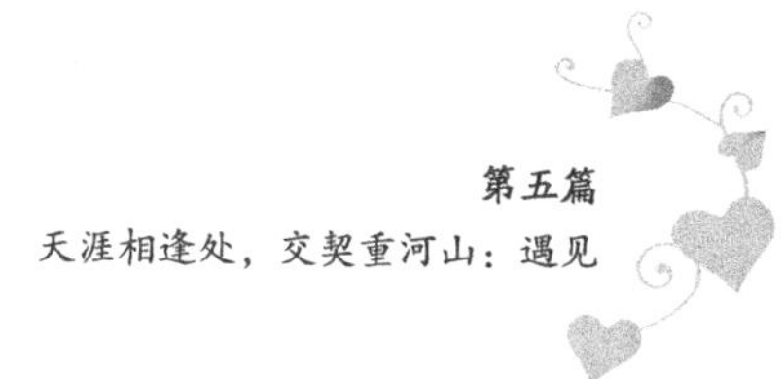

一生中遇见的人有很多，能真正停留在心里的却没几个。

人心，不是一朝一夕就会热；感情，不会三言两语就会有。

人与人之间，交的是一颗心，你真心，别人才真心；
你舍得，人家才付出。

别冷了一颗对你火热的心，别淡了一份属于你的真挚的情。

再热的心，一勺一勺泼凉水也会冷，
无论是友情、爱情，还是亲情。

花朵开了，迟早会谢；时光走了，不会再来。

惜该惜之人，做该做之事。

话再漂亮，不守诺言，也是枉然；
友情再浓，不懂珍惜，也是徒劳。

人生，因缘而聚，因情而暖，因淡而散，因诚而合。

钱没了，可以再去挣；车远了，还有下一趟；
人远了，就再也找不回来了。

世界这么大，有人对你好，是你的骄傲。

人心这么小，有心装着你，是你的荣幸。

心语·新语

这个世界上，钱能买得起真正的奢侈品，
但是你用多少钱，也无法买到一颗真正惦记你的心。

人什么时候，都要记得感恩。

投之以桃，报之以李。

滴水之恩，沧海相还。

知恩感恩，感情才会深。

人非圣贤，总会犯错。
我们犯错的时候会遇到一些给我们忠告的人，
他们可能比我们年长，比我们懂得更多，
也可能只是个孩子，一个举动让我们觉得羞愧继而反省。

这样的人要感谢他，是他们的存在，
及时地给了我们忠告，让我们学会反思，
学会低调，学会做人。

媳妇是路，兄弟是车。

有钱了你别走错路，没钱千万别卖车。

我喜欢这段话：半生已过，走走停停，谁行谁不行？

患难见真情，是蛇一身冷，是狼一身腥，

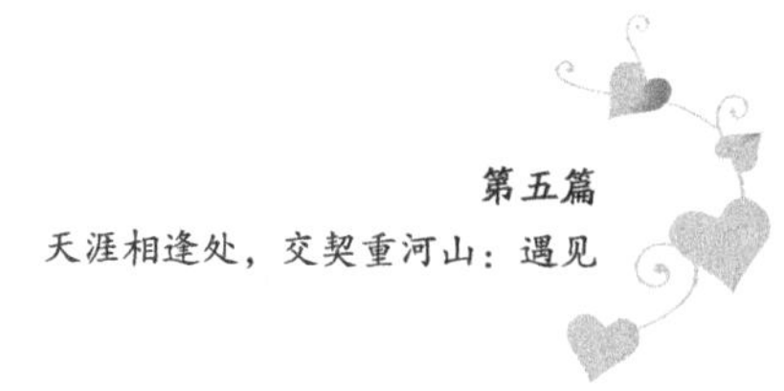

水深静无声，失利人无踪，
蝙蝠再飞不是鸟，新鞋再好不跟脚，谁解你撕心裂肺？

谁懂你生活百味？

人生难测如棋局，子落棋盘终不悔，对你好的人一辈子都别忘。

且行且珍惜，送给能看懂的人。

圈子不同，不必强融。

把时间，留给等你的人；把心事，说给懂你的人；
把坦诚，拿给信你的人；把情义，送给帮你的人。

追不到的马儿不追，养一片草地。

挤不进的圈子不挤，做好你自己。

是梧桐，必引凤凰；是杨柳，必招春风；是人物，必然辉煌。

人在人下，才会议论别人；人在人上，只会尊重别人，
别人要是孤立你，证明你很强大。

什么是好朋友？就是不管男女，
能懂你，理解你，珍惜你，尊重你，在乎你，
才可称之为朋友。

交一个有情有义的朋友，是一种荣幸；
交一个真诚的朋友，是一种财富；
交一个知心的朋友，是你一生的幸运！

和一个你能聊得来的人说说心里话，是一种减压；
和一个懂你的人聊一聊，是一种享受；
和一个你喜欢的人聊聊天，是一种快乐；
和一个喜欢你的人说说话，是一种幸福！

朋友见面不重要，心里有才重要。

能征服人心的，永远不是武力，而是思想；
能感动人心的，永远不是语言，而是诚信；
能影响别人的，永远不是指责，而是善举；
合适的人生位置，既不靠近钱，也不靠近权，而是靠近灵魂。

真正的幸福，既不是富贵，也不是名利地位，而是问心无愧。

和正能量的人在一起，你会增长智慧；
和爱学习的人在一起，你会增长知识；
和有目标的人在一起，你会懂得珍惜时间；
和有远大梦想的人在一起，你会生出远见和希望；
和积极乐观的人在一起，你会越来越快乐；
和有使命感的人在一起，你会生出爱心和魅力；
和心胸宽广的人在一起，你会放大格局；

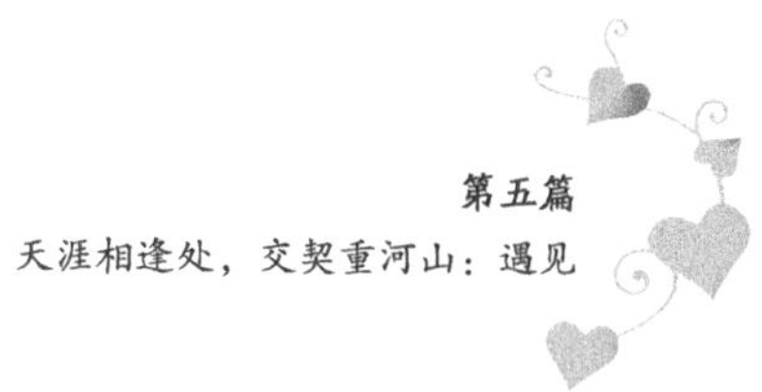

和善良的人在一起，你会越来越慈悲；
和勇敢的人在一起，你会越来越坚强！

缘分没有早晚，不分深浅，不管长短，
不预设地点，不管是何时，还是何地，
以何种方式出现，都是一种幸运和福气，
都是人生的一种馈赠，都应惜缘、念缘、懂缘。

用一颗柔软的心，感恩遇见，珍惜缘分。

每一朵花开，都带着温馨的氛围，
每一片叶落，都写着浓郁的不舍。

感恩今生遇见你！

对你好的人，要厚待，若失去了，再后悔也回不来；
真心对你的人，要珍惜，若是伤了，再努力也补不好。

珍惜身体，多休息多喝水；珍惜家人，多沟通多关怀；
珍惜朋友，多信赖多交心；珍惜时间，多努力多感恩。

人生短暂，不要虚度光阴，珍惜该珍惜的，放弃该放弃的。

茶会凉，人会变，有地久天长也有曲终人散；

心语·新语

心会寒，情会断，有不离不弃也有各奔东西。

地球在不停地转动，四季在轮番地更替，人心在慢慢地改变。

朋友，如果不联系，再亲近也会陌生；
亲人，如果不关心，再亲密也会疏远。

珍惜友情，陪伴亲人。

又是一年春草绿，又是一年清明时。

在我们的生命中，有些人曾经朝夕相处，
走过难忘岁月，却永远离去……
但他们的音容时常浮现，
想起他走路的背影、唠叨的话语、担心的眼神。

虽天各一方，却始终惦念。

曾经，我们把最坏的脾气、最差的耐心、最少的包容，
留给了最亲的人，总认为时间还长。

他们的离开，让我们心生悔恨；
他们的消失，让我们肝肠寸断。

若时光能重来，多想他们还在身旁。

人生总有悔恨，生命总有期限。

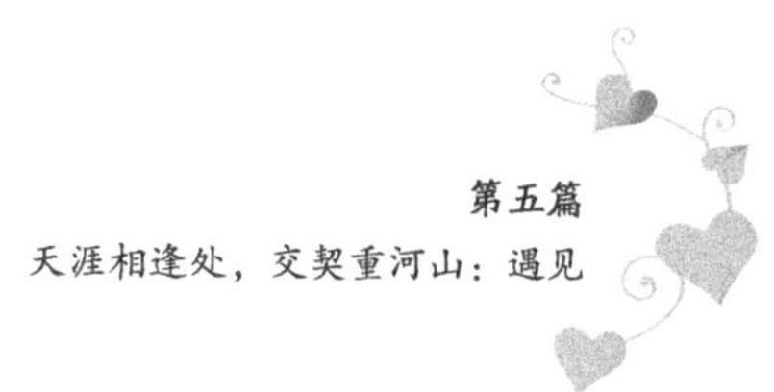

经过一段情，能看懂一颗心；走过一段路，能悟出一份真。

吵架了，只有真心爱你的人才会对你心软；
寂寞了，只有真正疼你的人才会把你陪伴。

遇到事了，真朋友不会转身就走；
遭遇难了，假朋友不会伸出援手。

没有义务，却陪着你的人要珍惜；
没有利益，却惦念你的人要爱惜！

缘分别强求，顺其自然；
感情别纠缠，一切随缘；得失别在意，强求无用。

纠缠惹人心烦，在意惹人伤心。

不斤斤计较，把得失看淡；不郁郁寡欢，把怨恨放下。

虽难过但不堕落，虽感叹但不悲观。

很多事不能如愿，很多人难留身边。

与其纠缠，不如快乐！

水不试，不知深浅；人不交，不知好坏。

短期交往看脾气，长期交往看德行，一生交往看人品；

不要存侥幸心理，虚伪永远换不来真心！

真诚的人，走着走着，就走进了心里；
虚伪的人，走着走着，就淡出了视线。

事不出，不知谁近谁远；人不品，不知谁浓谁淡。

所谓缘分，就是遇见了喜欢的人；
福分，就是能和喜欢的人共享人生的悲欢。

我珍惜友谊，因为友谊是一种源泉；
我在意朋友，因为朋友是一种财富；
我留恋真情，因为真情是一种甘露；
我欣赏善良，因为善良是一种美德；
拥有了这些才能拥有快乐！

真感情，哪怕不常联系，也会心中谨记，
并不是时间能冲刷掉的。

假情谊，但凡一朝离散，
就是天涯两端，没有人迈得过时间。

感谢时间，让真的更真，让好的更好。

感谢时间，让浓的更浓，让淡的更淡。

时间的筛选，让你看清人心，看清感情。

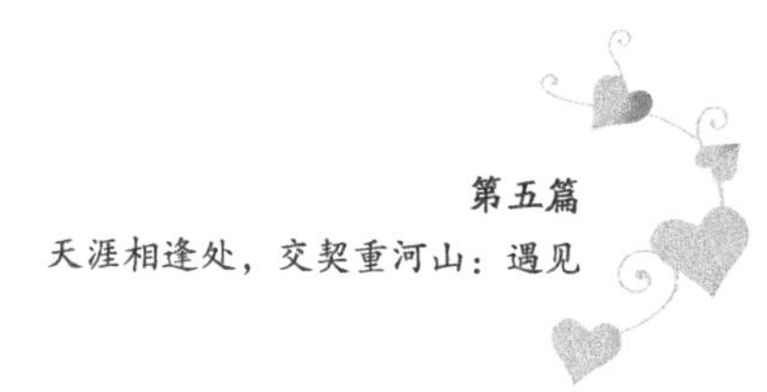

时间的陪伴，让你明白自己，懂得珍惜！

人都是相互的，你给世界几分爱，世界会回你几分爱。

爱出者爱返，福往者福来。

你爱别人，别人会爱你。

你帮别人，别人会帮你。

你施与别人，别人会回敬于你。

种下宽容，收获博爱；
种下愉悦，收获快乐；种下满足，收获幸福。

若想被人尊重，先要尊重别人；
若想被人理解，先去理解别人；
若想被人宽容，先去宽容别人；
若想被人欣赏，先去欣赏别人；
若想被人谦让，先去谦让别人。

初次见面，看涵养；长久相处，看人品。

近朱者赤，近墨者黑。

和凤凰齐飞，必非凡鸟；与骏马同行，定是骐骥。

和勤奋的人在一起，就很难变得懒惰；
与积极的人在一起，就很难变得消沉。

同智者携手，注定不同凡响；向高人看齐，必将勇攀巅峰。

人生旅途，多与更优秀的人为伍，常与正能量的人同行。

人与人之间，可以近，也可以远；
情与情之间，可以浓也可以淡；
事与事之间，可以繁，也可以简。

我们为何要舍近求远？

为何不去尝试着协调人与人之间的浓和淡？

为何不能在烦琐和复杂中删繁就简？

不要整天抱怨生活欠了你什么，
因为生活根本就不知道你是谁。

驾驭生活，在人生旅途中奋力搏击风雨，
一路欢歌，才是我们最好的选择。

人心不同，思想有别，三观不合，相处难谐。

你有你的梦想，我有我的目标，既不同心，何必同路？

圈子不同，各抒己见，层次不同，易闹意见。

你有你的道理，我有我的缘由，既不相让，何必强融？

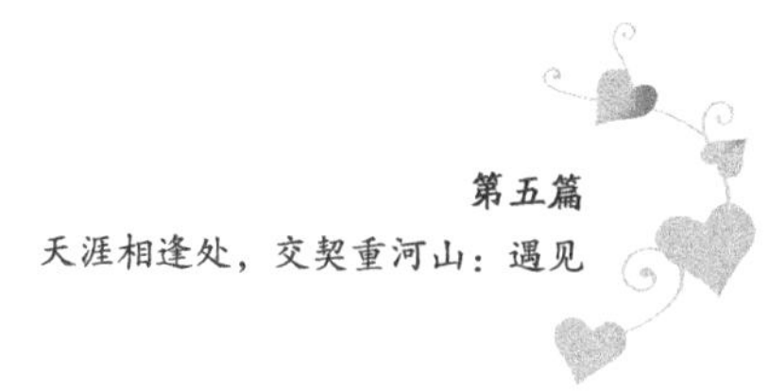

道不同不相为谋，心不同不必同路。

近朱者赤，近墨者黑，
和什么样的人在一起，就会变成什么样的人。

人品端正的朋友，值得深交一辈子，
真心实意的感情，值得珍惜一辈子。

为家人让步的人，家庭一定和睦；
为朋友让步的人，人品一定端正；
为爱人让步的人，对情一定忠诚。

在利益上让步的人，一定值得合作；
在钱财上让步的人，一定可以深交。

成熟的人，懂让步，成功的人，总让步。

让步，也许会吃亏，但是能赢得人心，
让步，也许会委屈，但是能被人重用。

自然相处，舒服惬意。

不用讨好，不用巴结，相处随意，交往安心。

不是每个人，都能成为朋友；不是每个友，都能相伴长久。

合，就看一个缘字；友，就看一个真字。

无情的人不要留恋，要走的人不要纠缠。

对你好的，你要珍惜；远离你的，你要忘记。

接不接受，有些事你做不了主；承不承认，有些人你留不住心。

与其纠缠，不如顺其自然；与其强求，不如微笑放手。

人生在世，和谁交往很重要。

你的圈子可以小，但一定要知心；
你的朋友可以少，但一定要真诚。

懂得宽容、拥有正能量，
懂得欣赏你、善意批评你的人，
如果有幸遇上，记得用真心去深交一辈子。

家人，因为血脉相连，让你感受亲情、过得轻松。

朋友，因为真心靠近，让你感受友谊、相扶相持。

伴侣，因为演绎爱情，陪你经历风雨、与子偕老。

人生路上，因为有了家人，我们才不辛苦；
因为有了朋友，我们才不孤独；因为有了伴侣，我们才被呵护。

人海茫茫，因为有缘才相遇；大千世界，因为相伴才幸福。

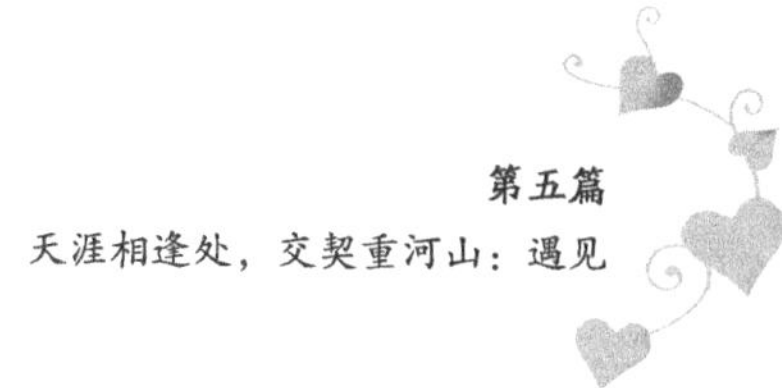

相遇需要缘分，珍惜需要真情！

懂得珍惜，才不会错过；知道感恩，才会收获真情。

真正的感情，缘于一颗珍惜的心；
真正地得到，缘于一份感恩的心态。

时间是一剂良药，它会沉淀最美的感情，
也会带走最虚的情分。

缘分，需要的是相互的珍惜和双向的互动；
感情，需要的是彼此的感恩和双方的呵护。

岁月告诉我们，生命中的遇见，都是一种注定。

有些人是用来成长的，有些人是用来鞭策的，
有些人是用来陪伴的，有些人是用来同甘共苦的，
有些人是用来忘记的，有些人是用来刻骨铭心的。

珍惜自己，因为一辈子不长；
珍惜身边的人，因为下辈子不一定能遇见。

总有风起的早晨，总有绚丽的黄昏。

美丽是健康带来的，伟大是平凡积累的，幸福是心情带来的。

合脚的鞋，合拍的人，是人生的重要必备。

心语·新语

选一双鞋子，不一定要漂亮，但一定要舒适，要合自己的脚。

交一些朋友，不一定要陪伴，一定要懂心。

合脚的鞋，走路累不累，自己的脚知道。

合拍的人，对人真不真，自己的心知道。

好好爱惜合脚的鞋，陪你走一程，越走越舒坦。

好好珍惜合拍的人，暖你心灵，伴你一生不孤寂。

如果爱里没有责任，爱就变得自私。

如果爱里没有节制，爱就容易放纵。

如果爱里没有平等，爱就变成一种施舍。

如果爱里没有尊重，爱就变成一种专制。

如果爱里没有喜乐，爱就不能成为真爱。

如果爱不能光明正大，爱就是罪恶的化身。

有人疼，眼中有笑；有人懂，心中有暖。

喜欢你的人给你温暖和勇气，你喜欢的人让你珍爱和自持，

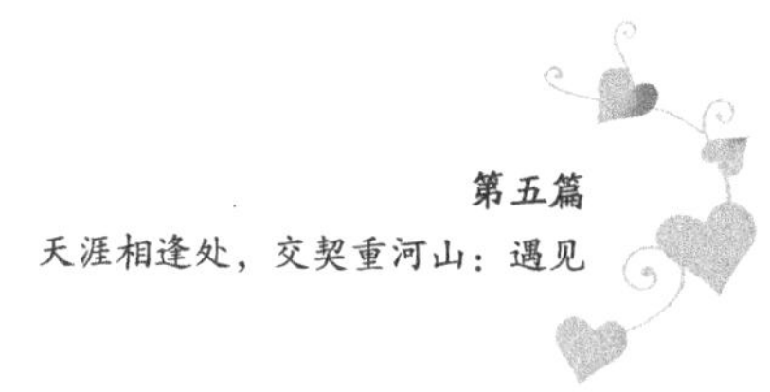

你不喜欢的人教你宽容和尊重；
不喜欢你的人使你自省和成熟。

出现在你生命里的，都是缘分；
留存在你生命里的，都要感恩。

人与人交往，难免会失望。

可能会被辜负，但别灰心；可能会被伤害，但别气馁。

学会换位思考，少抱怨失去，少计较得失，
用欣赏的眼光看待他人；
懂得心存感恩，少指责抱怨，少记恨报复，
用善良的心对待别人。

人与人交往，缘分很重要，方式更重要。

有的人，初见就如深交的好友；有的人，久处依然形同陌生人。

人与人相处，记住3句话：
看人长处、帮人难处，记人好处。

生命是一种回声，你把最好的给予了别人，
就会从别人那里获得最好的回报。

人与人之间，相互的鼓励是最难得的真诚。

心语·新语

为别人鼓掌的人，也是在给自己的生命加油。

当我们学会了欣赏和感恩，就拥有了幸福和快乐。

命运好不如习惯好，养成感恩的习惯，一辈子都受用不尽。

一个懂得感恩的人，永远能体谅他人的不易。

感恩出现在我们生命中的每一个人。

人与人之间，最大的吸引力，不是容颜，不是财富，
也不是才华！而是你传递给对方的信赖和踏实、
真诚和善良，是一种正向的能量。
肯为别人撑伞，肯为别人开路，才是一生最大的财富！

人生，并不全是竞争和利益，更多的是相互成就，彼此温暖。

美好的一天从相互成就开始！

关心，不需要甜言蜜语，真诚就好；
友谊，不需要朝朝暮暮，记得就好；
问候，不需要语句优美，真心就好；
呵护，不需要刻意而为，温暖就好。

有时候，人需要的不是物质的富有，而是心灵的慰藉；
不是甜言蜜语的恭维，而是心灵相通的懂得。

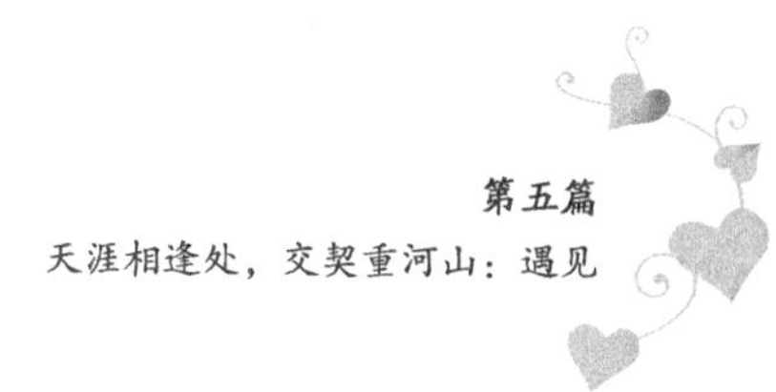

关乎于情，因为动心；感动于心，因为情真。

一段话入心，只因触碰心灵；两行泪流下，只因一份真诚。

有些人，只可远观不可近瞧；有些话，只可慢言不可说尽。

朋友，淡淡交，慢慢处，才能长久；
感情，浅浅尝，细细品，才有回味。

一份好的缘分，是随缘；一份好的感情，是随性。

相交莫强求，强求不香；相伴莫随意，珍惜才久。

人生中有朋友是幸福，有知己是难得，有知心是难求难得。

人要低头做事，更要睁眼看人，择真善人而交，择真君子而处。

什么是生命中的贵人？
不一定是最好的朋友，也不一定是朝夕相处的家人，
而是具有正能量的有眼光的人。

他（她）给了你一个全新的信息，
也许就改写了你人生的轨迹，只需要你选择相信。

天雨虽大，不润无根之草，佛法虽宽，不度无缘之人，
任何的机会都是从相信正能量开始的，

这些人就是我们生命中的贵人，也是我们一生都值得感恩的人。

有种语言，无须出声，在默契中足够温暖。

有种感动，经得起时光，经得起风声鹤唳，
经得起平淡审视。

有种真情，无须誓言，无须惊天动地，即使不在身边，
仿佛就在左右，任繁华落尽，永如初见，
心挽着心，抵得上世间万千的暖。

每个人的心中，总有那么一个地方，不敢忘，不能忘。

总有那么一抹剪影，不需奢华，不需完美，扪心无憾。

我们不知道下辈子是否还能遇见，
所以今生要努力感恩，不失年华。

不经历一事，不懂得一人；
一个人是真心，还是假意，不在嘴上，而在心里；
一份情是虚伪，还是实际，不在平时，而在风雨。

关键时刻，方知真朋假友；长久守候，知谁留谁走；
人傻不是毛病，不虚就行；人精不是问题，不坏就行；
善于利用人没问题，别卸磨杀驴就行；
人穷人富不是问题，懂得付出就行；

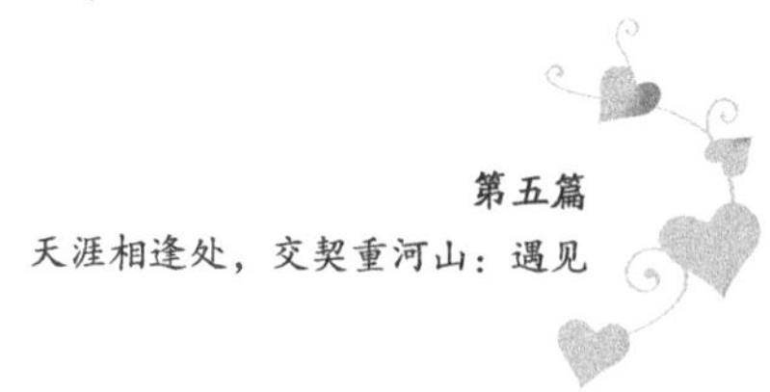

别人怎么看我无所谓，自己问心无愧就行。

最好的关系，相处不累；最好的关系，浓淡相宜。

没有勾心斗角，不用互相防备。

你知道我的难处，我体谅你的辛苦。

不用提心吊胆地害怕，担心对方话里有话；
不用乔装心机地防备，担心别人心有不满。

有什么就直说，有问题就解决。

不算计，不欺骗，彼此依赖；不伪装，不逞强，彼此欣赏。

那个让你卸下伪装、忘掉心机的人，你要在乎一辈子；
那个放下面子、敞开心扉的人，你要珍惜一辈子。

很多人都认为，人与人之间的感情是真心换真心，
你诚心实意付出，就会收到同等的回报，
可一些善良的人，往往看不见。

有些人，你对他掏心掏肺毫无防备，
他却为了自己的利益随时将你出卖。

聚散因缘本难寻，亲疏随意莫较真。

君子之交淡如水，过命之交能几人？

人与人之间，有些失望在所难免，有些关系不可高估。

你走，我不送。你来，无论多大风雨，我都去接你。

真正在乎你的人，再忙，再累，也会主动联系你。

这世间，没有谁的时间不珍贵，没有谁不计后果地为你付出。

人，只有对自己真正在意的人和事，才会不吝啬时间。

趁那个愿意花时间经常联系你，总愿意主动找你，
无怨无悔为你付出的人还在，好好珍惜吧，
因为有他们，你的世界才温馨、温暖。

人的相处，没有天生合适做朋友，
需要的是彼此包容、理解、改变。

风风雨雨的磨合，改变着不合适的彼此。

尊重他人，庄严自己，帮助他人，成就自己！

孔子的一段话：人不敬我，是我无才；
我不敬人，是我无德；人不容我，是我无能；

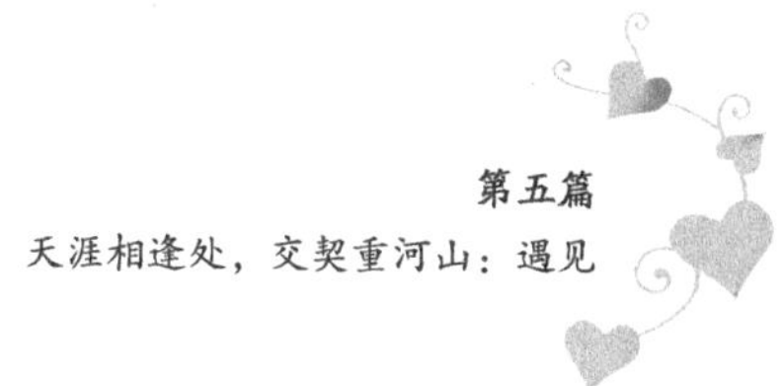

我不容人，是我无量；人不助我，是我无为；
我不助人，是我无善！

凡事，不以他人之心待人，你会多一份付出，少一份计较；
凡事不以他人之举对人，你会多一份雅量，少一份狭隘；
凡事不以他人之过报人，你会多一份平和，少一份纠结。

坚持内心的平和，不急不躁不骄，多一份雅量，一切随缘！

感恩生命中遇到的所有人。

一份情，因为真诚而存在；一颗心，因为疼惜而陪伴。

感情，需要用心呵护；友情，需要好好珍惜。

或许不能朝朝暮暮，但一定要真爱；
或许没有甜言蜜语，但一定要真心。

不要试探朋友的心，感情经不起试探；
不要怀疑朋友的情，友谊经不起猜疑。

缘分不在早晚，在于交心；情谊不在长短，在于真心。

珍惜该珍惜的，拥有该拥有的。

虚情留不住，真心总会在。

真心见真情，真情见真人。

时光，留不住昨天；缘分，停不在初见。

感情，需要的是理解；相处，需要的是默契；
陪伴，需要的是真情。

人与人，一场缘；心与心，一段情。

朋友不是不离左右，而是默默关注；
友情不是花言巧语，而是贴心问候。

友不友情，要看相处；永不永恒，要看时间。

与你无缘，自会走远；与你有缘，自会留下。

落叶知秋，情意如酒。

蓦然回首，又逢一年中秋，
人依旧，情依旧，轻轻一声问候。

明月，高高挂天边；思念，慢慢积成山；
回忆，幕幕显眼前；渴望，人月两团圆。

一日思，一夜盼，思盼中秋月儿圆；
如若爱，请深爱，两情相悦长惜缘。

月是故乡明，人是家乡亲。

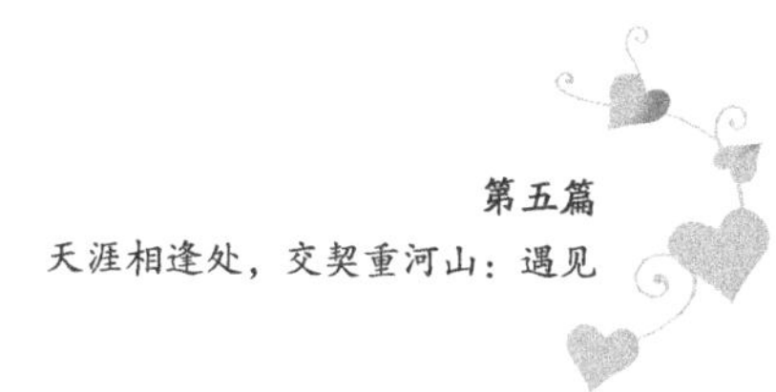

思念是一季的花香，漫过山谷，笼罩你我；
祝福是无边的关注，溢出眼睛，直到心底。

但愿人长久，千里共婵娟。

没什么比时间更值钱，也没什么比感情更珍贵。

真正的想念，无论你在不在线，都会给你留言；
真正的关心，看的不是空间，而是你的世界；
真正的疼爱，读的不是文字，而是你的心情。

找你聊天不是寂寞，而是担心你孤单；
哄你开心不是没事做，而是怕你伤心。

真正心里有你的人，无所谓距离，无所谓时空，牵挂一直不变。

发信息是惦念，留评论是关心。

真正的朋友，交的是心，连的是情。

交往要真挚，相处要真诚。

没有欺骗，有情有义；没有利用，真心实意。

不要心眼处感情，没有心机交朋友。

你懂得我辛苦，我知道你负累。

没有瞧不起，没有攀比心。

互相理解，心换心；互相体谅，情暖情。

情缘牵引，从陌生到熟悉；心灵相通，从相识到相知。

交久见真心，处久见人品。

情感珍贵，不要辜负。

成功的路上没有人会叫你起床，也没有人为你买单，
你需要自我管理，自我约束，自我突破。

人的潜能是无限的，安于现状，你将逐步被淘汰。

千万不要对自己说“不可能”，
逼自己一把，突破自我，你将创造奇迹。

树的方向，风决定，人的方向，自己决定！
今天，又是美好的一天！

三种值得你信任的人：知道你笑容背后的悲伤，
明白你怒火里隐藏的善意，了解你沉默之后的原因。

三把人生钥匙：接受、改变、离开。

不能接受就改变，不能改变就离开。

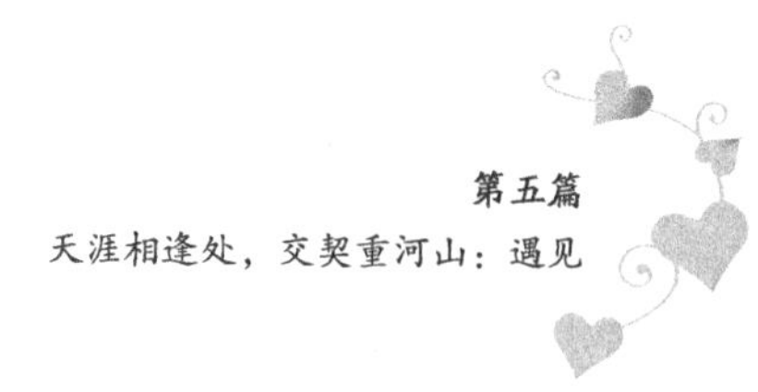

只要愿意努力，世界会给你惊喜。

三种人生好状态：不期而遇、不言而喻、不药而愈。

缘是天定，分在人为。

人与人之间，唯有真心换真心，才能靠得更近；
情与情之间，唯有珍惜对珍惜，才能长久前行。

若想收获温暖的感动，就要真心实意去交换；
若想拥有长流的幸福，就要一心一意去珍惜。

把认识的人放在眼里，把重要的人放在心里。

人与人之间，你伸出援手，得到回报；
你助人难处，得到感恩；你宽宏大量，得到尊敬；
你用心用情，得到深情。

心与心之间，你理解人苦，人和你近；
你体谅人难，人和你亲；你赠人以暖，人和你伴；
你予人以诚，人和你真。

量人先量已，责人先责心，
别人全不好，自己也欠缺，别人都有错，自己也不足。

做任何事情，都不要强加于人。

心甘情愿，才能彼此和睦；道德绑架，只能怨声载道。

人生路上，总有一些不期而遇的相逢，
总有一些失之交臂的陌生。

缘分有聚散，有人能随行，就是一种温暖；
人心有冷暖，有人能懂得，就是一种幸福。

握紧几份真情，以心交心；拿出几许真诚，以诚换情。

相识于真情，才能相知于心神；
相处于纯净，才能相望于透明；
相守于珍惜，才能相伴于一生。

真心朋友，落难时，不袖手旁观，能伸出援手雪中送炭；
失意时，不冷语冷言，能热心开导把你规劝；
寂寞时，不远离视线，能无话不谈把你陪伴。

开心时，为你欢欣，笑得也许比你还灿烂；
伤心时，为你担心，恨不能代替你来承担；
脆弱时，为你暖心，生怕你自己把泪吞咽。

真心朋友，不离不弃，比什么都值钱；
真心朋友，信任不疑，比什么都心安；
真心朋友，命里黄金，拿什么都不换。

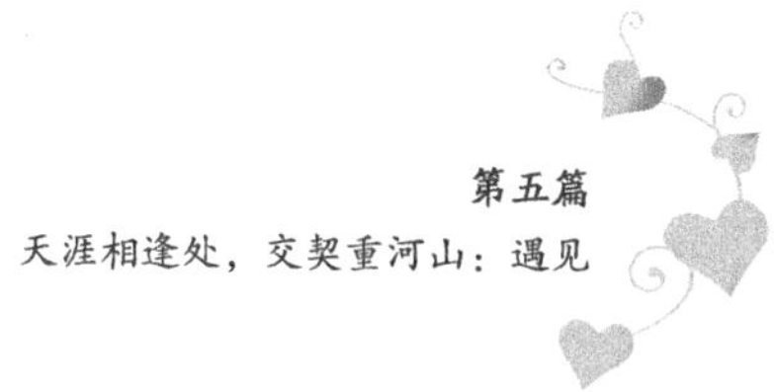

读万卷书，不如行万里路；行万里路，不如阅人无数；
阅人无数，不如贵人相助；贵人相助，不如高人指路。

与凤凰同飞，必是俊鸟；与虎狼同行，必是猛兽！

人抬人，抬出伟人；僧抬僧，抬出高僧。

常与高人相会，闲与雅人相聚，多与亲人相伴。

世界这么大，到处都是人。

不是所有相遇，都可以聊得来；
不是所有聊得来，就适合在一起；
不是所有在一起，就可以永相随。

茫茫人海，相遇是缘，相知是诚，相守是情。

友情，懂得珍惜；爱情，懂得感恩；亲情，舍得付出。

遥远相望，不代表不常惦记；电话稀少，不代表不常牵挂；
不常见面，不代表不常思念。

遇见，不论早晚，真心才能相伴；
朋友，不论远近，懂得才有温暖。

轰轰烈烈的，未必是真心；默默无声的，未必是无心。

平淡中的相守，最为珍贵；简单中的拥有，最为心安。

虚情留不住，真心总会在。

一份情，因为真诚而存在；一颗心，因为疼惜而从未走开。

一生中，能成为朋友的也就那么几个，
好好珍惜那些在很久以后还称为朋友的人，真的很难得。

任何感情都需要用心呵护，好好珍惜。

朋友，或许不能朝朝暮暮，或许没有甜言蜜语，
但一定要真心、真情、真爱。

人生是一场修行。

修了心，才会安定；修了情，才会幸福。

世间有一种东西，叫缘分；人生有一种东西，叫真情。

遇见，是这辈子的福气；延续，是上辈子的真情。

今生能相逢，已是万幸，珍惜每次遇见。

有缘，自会一路并肩；无缘，只能变成过客。

缘来就珍惜，缘去也无憾。

只要来过，只要见过，就足矣。

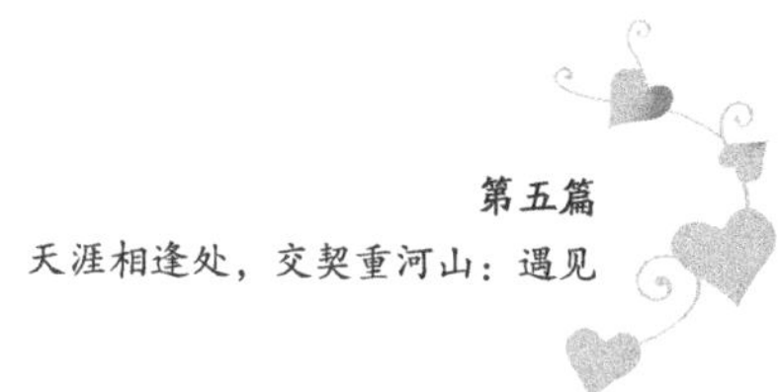

友情，不强求，真心实意，就好好相处；
虚情假意，就别再联系。

真正的朋友，患难与共；虚伪的朋友，不会长久。

财富，不强求，尽自己的努力去干，凭自己的良心去赚。

多多少少，够用就好，金山银山，不如心安。

幸福，不强求，属于你的永远都在。

只要心知足，不贪图，只要看得淡，想得开，
幸福就在你身边。

朋友不仅是心灵的向导，也是温馨的避风港，
在真诚的朋友面前，我们可以轻松的喘息，
可以自由的呼吸，一颗忧伤和躁动不安的心，
也会归于安宁。

朋友是淡淡的清泉，知己是长长的溪流，
有了朋友，有了知己，你发现早晨的空气是新的，
窗外的花是红的。

有了朋友，有了知己，你还发现自己的心情是舒畅的，
干起活来是轻松的。

有了朋友的相伴，有了知己，生命中才会出现蓝蓝的天。

真正的好朋友，互损不会翻脸，出钱不会计较，
地位不分高低，成功无须巴结，失败不会离去。

迷茫的时候拉一把，难过的时候抱一下。

有些人，陪你走过一程，但不知道什么时候走着走着就散了。

随着年龄的增长，身边的朋友越来越多，
但是真心的朋友会越来越少，只有留下来的才是真正的朋友。

真正的朋友，不忘彼此，不说谢谢！

一个人最值得骄傲的，并不是风光的时候你能够左右多少人，
而是落魄的时候还有多少人在你左右。

一个人最值得感动的，
不是在自己发达的时候结识了多少人，
而是穷困时还有多少人能帮助你。

只要是知心朋友，四海之内并不遥远，
平日里不常联系，关键时刻出手相助才是真的难能可贵。

在我们的一生中，会遇见和错过很多人，
那些一直留在身边的人，才最值得我们去珍惜，
时间会沉淀最真的情感，风雨会考验最暖的陪伴，
走远的只是过眼云烟，留下的才是值得珍惜的缘。

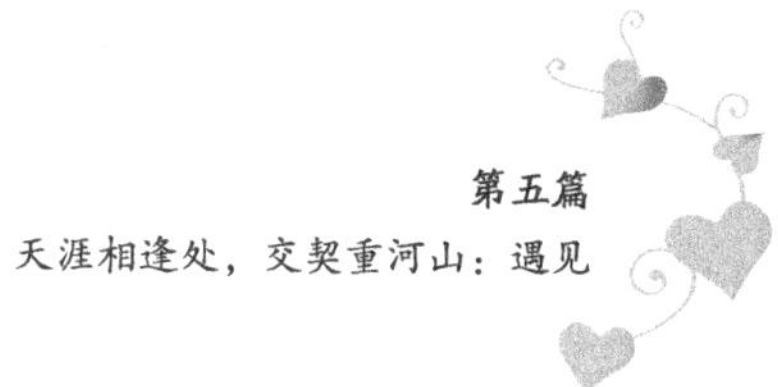

没有执着过的人，不会懂得什么叫拿得起；
没有担当过的人，又何谈放得下。

我们不要拿放下做逃避的借口，
真正地放下是去直面并化解它，这样我们才能真正地放下！

不是苦恼太多，是我们不懂生活；
不是幸福太少，是我们不懂把握。

别等人走了，才幡然悔悟；别等心伤了，才急于弥补。

趁人还在，多多联系；趁情还有，好好珍惜。

遇见时，一定要感激；拥有时，一定要珍惜。

能聚时就不要错过，有爱时要懂得珍惜。

能拥抱时就拥入怀，能牵手时就不放开。

往后余生，好好珍惜。

一个人的成功，离不开志同道合陌生人的相助。

生命中的贵人，不一定是最好的朋友，
也不一定是朝夕相处的家人，而是有能量的人。

他也许只给你提供了一则全新的信息，

心语·新语

一个善意的指引，就可能改写了你一生的轨迹。

天地虽大，不润无根之草；趋势再好，不遇无缘之人。

任何的机会都是从相信开始，德行天下，才能厚德载物！

错过的公交，还有下一班；花光的钱财，还能挣回来；
丢失的工作，还能换一份。

唯有家庭是唯一的，唯有家人无可替代。

工作一天后回到家，在饭桌上吃一顿热气腾腾的饭菜，
在电视前聊聊琐碎的家常，在沙发上说说一天的见闻。

家是一个人生命的起点，也是一个人心灵的归宿。

人最简单的幸福：有家回，有人等，有饭吃。

时光荏苒，岁月无情。

茫茫人海，相遇不易。

今生能携手同行的，是分享喜怒的朋友，
是牵肠挂肚的父母，是相濡以沫的爱人。

来日并不方长，且行且要珍惜！
别再等不忙，别再等下次。

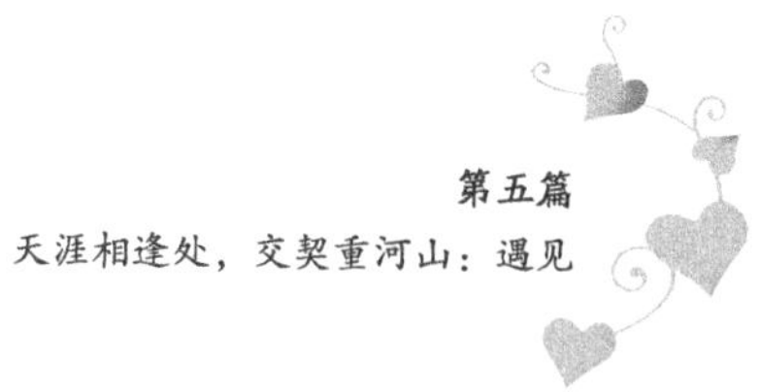

有时候一声再见，便再也不见；
有时候挥手告别，便再无关联。

感恩每一次遇见，珍惜每一次同行。

朋友之间，相遇是缘分；
亲人之间，相处是福分；爱人之间，相知是情分。

愿意留下的，就好好相处，彼此信任；
想要远走的，就挥手告别，不必远送。

好好做事，学会承担应该有的责任；
努力挣钱，学会摒弃不必要的负担。

人生短暂，不要计较。

与其在纷扰中度日如年，不如让自己在舒适中快乐余生。

这世上所有的误会都来自不理解，
所有的矛盾都来自不沟通，所有的错过都来自不信任。

换位思考，是接近对方心灵最好的方式。

很多事情的出发点不一样，
想出来的结果当然因人而异，
不从对方的角度去考虑，很容易产生误解。

心语·新语

如果每个人都放下所谓的“架子”“面子”，
去体谅对方说话做事的出发点，才是最有效的沟通方式。

别以为，你的全心帮助，你的倾尽全部，
你的真诚以待，就能换来同等的回馈。

这世上，总有些不知好歹的人，
伤了你的情，忘了你的恩，负了你的愿，寒了你的心。

永远记住，要把诺言，留给诚信的人。

要把在乎，留给重情的人。

要把坦诚，留给忠厚的人。

要把忠义，留给交心的人。

要把善良，留给懂事的人。

要把真心，留给珍惜的人。

别惯坏了，不知领情的人；别喂饱了，不懂感恩的心。

我们一生需要做好三件事：
知道如何去选择，明白如何去坚持，懂得如何去珍惜。

懂别人的辛苦，念别人的恩惠，知别人的温暖，恕别人的失误。

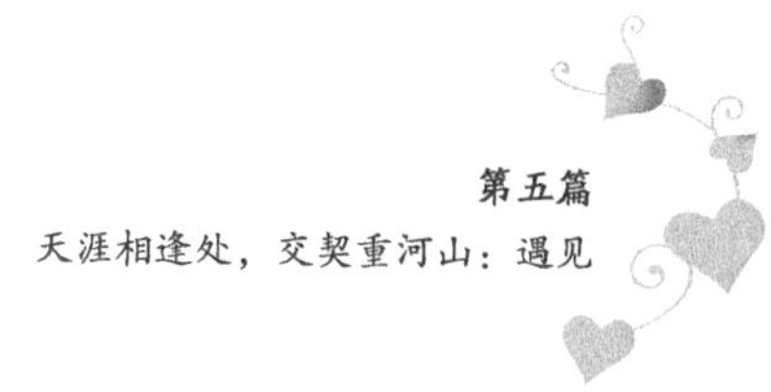

不忘人恩，不念人过，不思人非，不计人怨。

弱者互撕，离心离德，路越走越窄；
强者互帮，惺惺相惜，路越走越宽。

珍惜所有的相遇，尊重所有的离去。

待人友善是修养，独来独往是性格。

人生有缘弥可贵，岁月无期当自珍。

心情再坏，也不要挂在脸上，没人喜欢看；
生活再难，也不要到处抱怨，没人替你扛。

只有底气，才能撑得起勇气；只有沉淀，才能散发出魅力。

人生有缘，遇见了就感恩，错过了就释怀。

把心胸放宽，把格局放大，把目光放远。

来来往往皆是过客，相伴同行才是朋友。

朋友不是天天见面，吃喝玩乐、相互吹捧，
而是懂你，在精神上、灵魂上，支持你、鼓励你、
帮助你，在你有所不足时，指正你。

人活着，圈子不要太大，朋友不在于多少，自然随意就好。

朋友如茶，需品；相交如水，需淡。

时间久了验证人心，遇事多了验证真情。

朋友不分男女，开开心心就行；
朋友不分贫富，有难同当就行。

人与人之间，没有谁离不开谁，只有谁不珍惜谁。

一个转身，二个世界。

有人爱你、牵挂你，就是快乐；
有人疼你、懂你，就是幸福。

不是所有的人，都可以掏心掏肺；
不是所有的事，都可以肝胆相照。

路过的都是景，擦肩的都是客。

相濡以沫的爱人，要真正在乎；
患难与共的朋友，要加倍珍惜。

家，很平淡，只要每天都能看见亲人的笑脸，就是幸福的展现；
爱，很简单，只要每天都会留下亲情的挂念，就是踏实的情感。

幸福并不缥缈，在于心的感受；快乐并不遥远，在于脸的笑容。

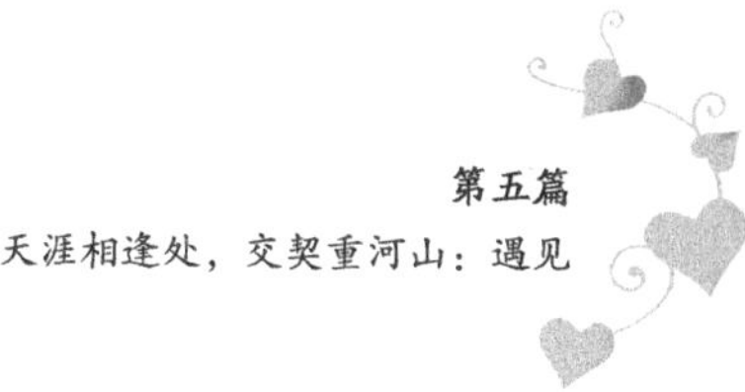

时间，会沉淀最真的情感；风雨，会考验最暖的陪伴。

走远的，只是过眼云烟；留下的，才值得珍惜。

简单中的喜欢，最长远；平凡中的陪伴，最心安；
懂得中的人珍惜，最温暖。

愿珍惜亲情，阖家欢乐，远离疾疫，平安顺遂。

第六篇

大勇至千里，大智绝江河：处世

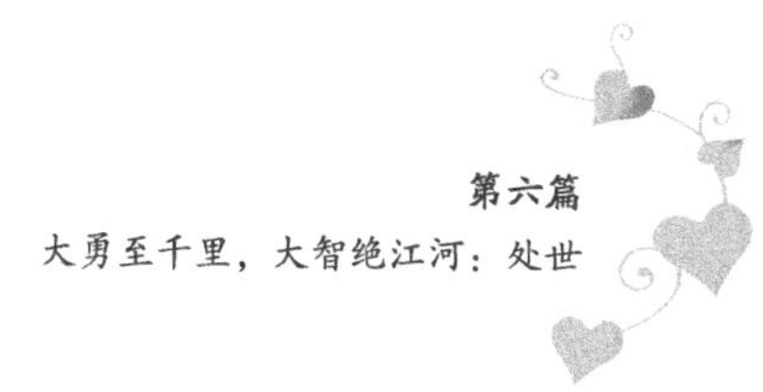

重要的话说三遍。

话有三不说：
揭人之短的话不说，自我标榜的话不说，没有价值的话不说。

事有三不做：
走捷径的事不做，损害人的事不做，贪便宜的事不做。

人有三不交：
亲情淡漠的人不交，唯利是图的人不交，言而无信的人不交。

生活，没有一帆风顺的，
有压力，有磨难，有你难说出口的苦涩。

生活，没有一马平川的，
有变故，有荆棘，有你表达不出的疲惫。

有的时候，受不住了，唯有熬；
不能放下，唯有熬；想要摆脱，唯有熬。

熬，很苦，但也是一种提升，
熬过了，你会从内向外焕然一新，精神百倍。

熬，很涩，但也是一种锻炼，
熬过了那些你常见的沟沟坎坎，再也不惧。

一个美好的群，需要所有成员的共同努力与付出。

一人一句便是欢乐的相聚，三言两语便是满满的情意！

一个群最大的幸福，不是晨迎朝霞、晚伴星辰，
而是抽空送去亲切的问候，闲暇时候有个回头的致意，
高兴时候说个俏、逗个笑让大家开心热闹。

一个群，最大的满足，是不管职务高低、
不管是富有还是贫穷、不管是男还是女、
不管年龄的差别，大家平起平坐，
彼此包容、互相鼓励、共同快乐。

一个群，最大的感动，是有人天天在守候，默默地坚守。

一个群，最大的欣慰，是大家懂得珍惜、
懂得相依、懂得感恩。

感恩你送给我的心灵鸡汤，感恩你给的美图和音乐，
感恩你让我知道山的高低，
感恩你让我明白水为何流向东方。

一个群，最大的享受，是能收到有价值的信息，
听到激励的话语，携手暴雨下的泥泞，
分享群友的喜悦和成功。

一个群，最大的财富，是拥有一批不离不弃、
不是亲人胜似亲人的群友！
你的出现就是期盼，你的点击就是惦念，
你的称赞就是鼓励，你的语言就是甘泉，
你的开心就是大家的共同心愿。

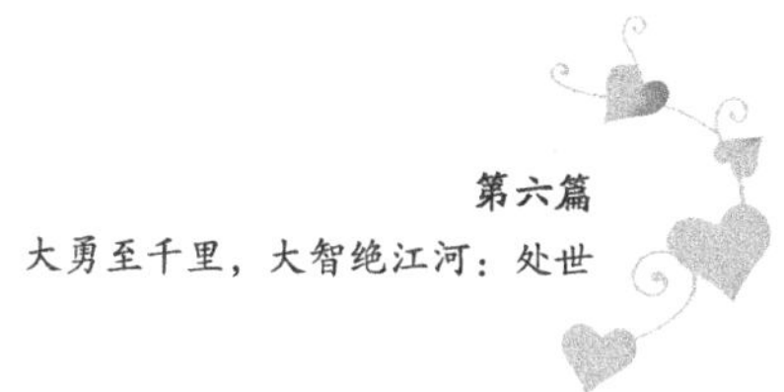

凡事，适可而止，切勿过分。

得理要饶人，别咄咄逼人；得势要沉稳，别得意忘形。

能说能争未必就是赢，能忍能容才是真品行。

咄咄逼人者，众人疏远；得意忘形者，终会远离。

滴水之恩莫相忘，利益好处别太贪。

水不动就是死水，人不动就是废人，钱不动就是废纸。

人生需要有“六动”：
朋友靠走动，团队靠活动，友情靠互动，资金靠流动，
生命靠运动，成功靠行动！ 动起来了，生活就有了激情。

做人，别太傻，在不懂你的人面前，说得再多，也是浪费。

在讨厌你的人心中，做得再好，也是徒劳。

与其把时间和精力花在不值得的人身上，还不如留给自己。

人活一世，不争、不理、不解释，
用不争彰显你的大度，用不理诠释你的从容，
用不解释证明你的品行。

心语·新语

只要身正，就敢坦然面对，只要心正，就能一生无愧！

很多时候的不解释，不是认输，而是心里无愧！

很多时候的不理会，不是认怂，而是懒得搭理！

很多时候的沉默，不是不想说，而是觉得无话可说！

有些事别去一再追问，因为结果未必能接受，
知道了反倒不好受！

有些人看清了，也就看轻了，没必要撕破脸皮，
分道扬镳，做到心中有数就好！

人和人相处：别玩算计，别动心计。

你觉得你很聪明，其实，谁都不傻！

我可以装糊涂，但别以为我真糊涂！

我可以很宽容很大度，只不过还留情面，还有在乎！

发烧了可以吃退烧药，感冒了可以吃感冒药，
可是后悔了呢？只能懊恼流泪，买不到后悔药。

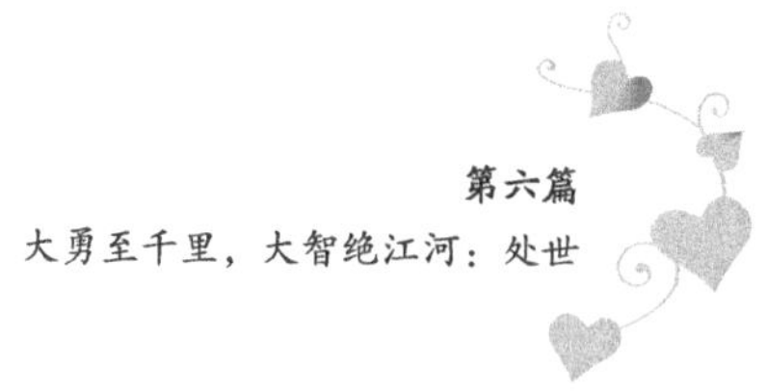

人生，没有后悔药，一旦做错，后悔终生。

一失足成千古恨，再回头是百年身。

时光一去不回返，后悔又有什么用？
与其在后悔中颓废，不如审时度势，
走好脚下的路，做好该做的事，理智地选择自己的目标。

要懂得吃一堑长一智，别沉迷于表象，
别相信忽悠，学会三思而后行，才能内心无愧。

嘴上吃些亏又何妨，让他三分又如何？
人人都需要被尊重，人人都渴望被理解。

水深不语，人稳不言。

学会淡下性子，学会忍住怒气面对不满。

花无百日红，人无百日衰，三分靠运，七分靠己，
努力过就好，尽了心就行，结果不是最终的目的，
过程的体会，才是最真的感悟。

凡事不求十分，只求尽心；万事不讲圆满，只求尽力。

有些事，努力一把才知道成绩，奋斗一下才知道自己的潜能。

不说，是一种大度，事情的真假，时间会给出最好的回答。

心语·新语

被人伤害了，不说，是一种善良，
感情的冷暖，时间会给出最好的证明。

被人诋毁了，不说，是一种涵养，
人品的好坏，时间会给出最好的答案。

什么事都不要急着去辩解，什么话都不要忙着倾诉，
学会说话只要几年，懂得沉默却要几十年。

世上没有一件工作不辛苦，没有一处人事不复杂。

即使你再排斥现在的不愉快，光阴也不会过得慢点。

所以，长点心吧！不要随意发脾气，谁都不欠你的。

要学会低调，取舍间必有得失，不用太计较。

要学着踏实而务实，越简单越快乐。

当一个人有了足够的内涵和物质做后盾，就会变得底气十足。

不要总拿自己的尺做标准。

拿自己的“心尺”去度量别人，人人都不够尺寸；
拿自己的“心秤”去称量别人，人人都不够分量；
拿自己的“心态”去衡量别人，人人都不顺其眼；

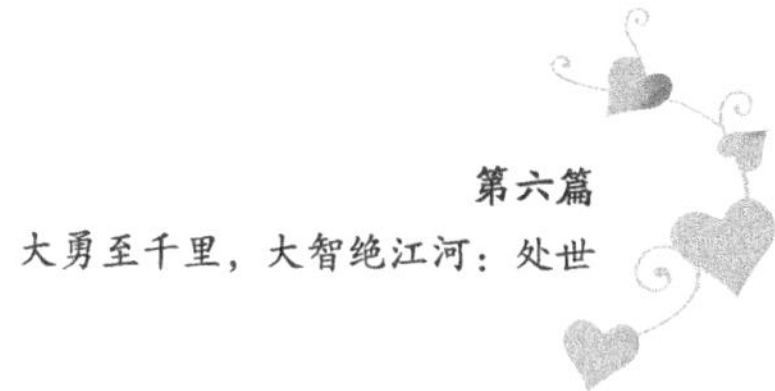

拿自己的“心胸”去容纳别人，人人都有过失。

人要懂得适可而止。

任何时候都要记得，给人生留点余地，
得到时不自喜，失去时不抑郁。

留一点好处让别人占，留一点道路让别人走，
留一点时间让自己思考。

所有处世不惊的背后，都藏着浮浮沉沉的过往；
所有勇敢前行的背后，都藏着敢于挑战的心境；
所有成功辉煌的背后，都藏着孜孜不倦的探求；
所有光鲜亮丽的背后，都藏着历经磨难的承受。

岁月风烟漫过的地方，
是灵魂深处的宁静，是旅行途中的风景。

欣赏每一场花开，善待每一次花落，收藏每一轮明月。

爱着每个晴朗的今天，憧憬每一个想要的明天。

信任如水，一旦浑了，就无法清澈透亮；
真情如镜，一旦碎了，就没法完好如初。

因为信任才敞开心扉，因为可靠才袒露软肋，
因为看重才拿心惦记，因为在乎才拿命珍惜。

人心只有一颗，别拿冷漠周全；
诚信只有一次，别拿谎言挑战；
真情只有一回，别拿虚假敷衍。

不要让信你的人，输得一败涂地；
不要让爱你的人，含泪离你而去。

信你的人，别骗！爱你的人，别伤！

头顶天，脚踏地，人生全在一口气；切记气上有三忌：
怄气赌气发脾气；怄气只能气自己，赌气彼此更对立；
拍桌打凳发脾气，有理反倒变没理。

有人仗势把人欺，多行不义必自毙；
有人误解我蒙屈，岂有迷雾笼四季；
有人背信把我弃，流水落花随他去；
有人优势超过我，十指哪能一般齐。

人生要想少生气，几件事项须牢记：
小是小非莫计较，一眼睁来一眼闭；
有人出语伤情面，未必全是有恶意；
有人处事拂我意，想必有其难唱曲。

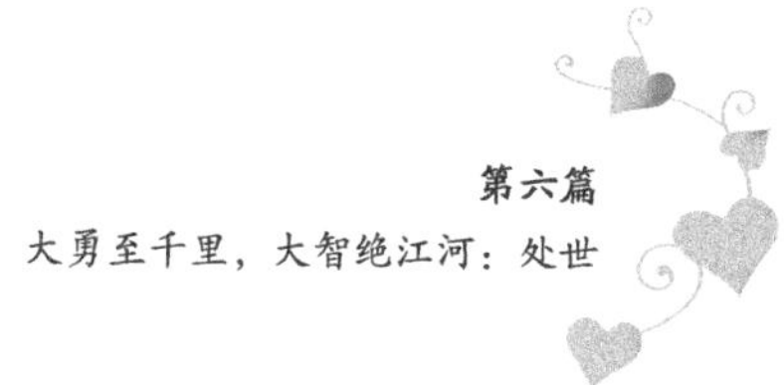

良药苦口利于病，忠言逆耳利于行。

快乐之时说话，没信用的多；愤怒之时说话，失礼节的多。

面责人之短，人虽不悦，未必深恨。

背地言其短，令人不悦，怀恨甚深。

不必说而说，是多说，多说易招怨；
不当说而说，是瞎说，瞎说易惹祸。

君子一言当百，小人多言取厌，虚言取薄，轻言取侮。

对失意者，莫谈得意事；处得意日，莫忘失意时。

喜闻过者，忠言日至；恶闻过者，谀言日增。

知人者智，自知者明。

知人不自知是狂妄，自知不知人是愚蠢。

知己知彼百战不殆，看清别人才能定位自己。

知善恶，辨是非。

勿以善小而不为，勿以恶小而为之。

有想法有主见，不被牵着鼻子走。

有理不在声高，不必吵吵嚷嚷。

厚德的人谦和，不急躁；明理的人淡泊，不执拗。

人生路上，既需要大智慧也离不开好心态。

知人不评人是一种智慧，明理不争理是一种修养。

记住别人的好处，叫感恩；忘记别人的不好，叫宽容。

每天清晨，用微笑来迎接崭新的一天；
每天晚上，用宽容来原谅无谓的伤感。

懂得感恩，才会活得快乐；懂得宽容，才会话得自在。

少一些自我，多一些换位，才能心生快乐。

最美的风景，不在终点，而在路上；
最美的人，不在外表，而在心里。

心怀感恩，所有的思念都能相聚；
心能宽容，所有的遇见都能真情。

以“爱”的名义把自己的想法强加给对方，
把自己的情绪无休止地宣泄在别人身上。

这样做的结果，
往往只会在别人心里留下难以抚慰的伤痛。

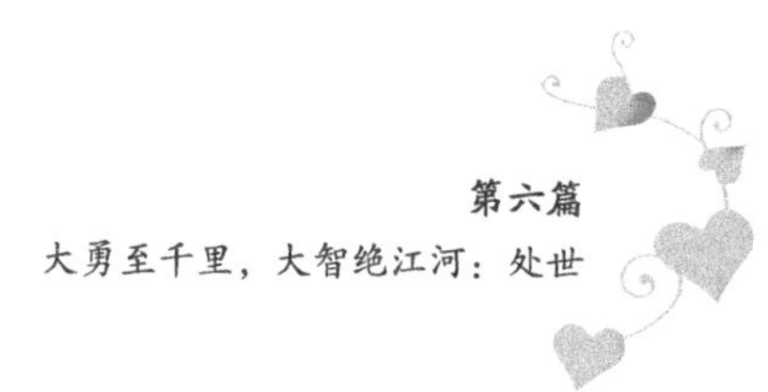

真正有修养，懂得关爱别人的人，
从不会带着负面的情绪和挑剔的眼光，
拿一张“刀子嘴”去伤害别人。

既然豆腐心，何必刀子嘴呢？语言是有力量的，
古训说“良言一句三冬暖，恶语伤人六月寒。

做人做事，看淡得失，顺其自然。

没到来的幸福，都会在路上。

少说闲话，闲话浪费自己的时间，影响别人的生活。

口是心非，小人所为。

祸从口出，言多必失。

静坐常思己过，闲谈不论人非。

尊重他人，就是尊重自己。

少说狂话，狂话伤人害己，恶语伤人六月寒。

木秀于林，风必摧之，趾高气扬，终遭反噬。

有了规矩，才有方圆；有了尺度，才有界限；
有了底线，才有尊严。

再苦再累，也不能堕落；再难再远，也不能退缩。

敢打敢拼，才能赚财富；吃苦受累，才能有幸福。

走，就走正确的路；说，就说真实的话；
挣，就挣干净的钱；做，就做清白的人。

不服输，不认输，不怕苦；不低迷，不气馁，不放弃。

守住自己的底线，就守住了自己的人生。

狡诈的人有千百种笑容，虚伪的人有千百种套路。

有些人表面跟你称兄道弟，转身就和旁人议论你的是非；
有些人表面跟你真情实意，背地却跟别人谈论你的故事。

虚伪的人用嘴，真诚的人用心。

笑里藏刀，甜言蜜语裹了糖的砒霜；
口蜜腹剑，信誓旦旦不过一纸空谈。

择良善之人而交，真心才不会被伤害；
择真诚之人而处，信任才不会被辜负。

人活一世，请保留真心，别总想着和谁玩小聪明。

和家人玩，亲情就没了。

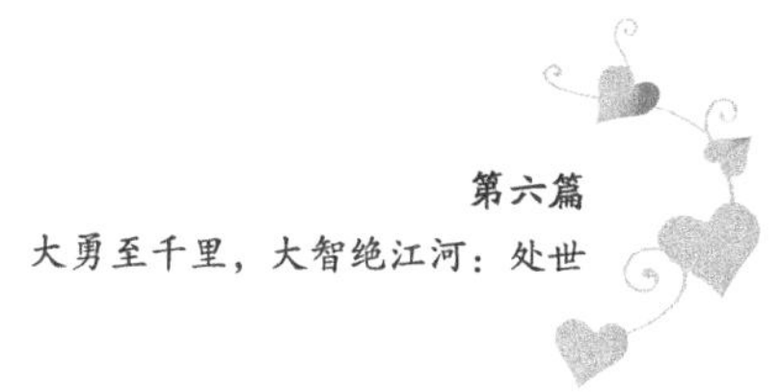

和朋友玩，信任就没了。

和同事玩，人缘就没了。

玩着玩着，人品就没了。

谁都不傻，谁也不憨，别和朋友玩心眼。

人心都是肉长的，一旦伤了，就有了疤痕，
再好的语言，再诚的忏悔，都弥补不了这份伤害。

真心是用来珍惜的，自己付出了才会有收获，
真心换真心，才能取得别人的信任。

再风光的人，背后也有苦楚；再幸福的人，内心也有难处。

相处有学问，想得深一点；相交讲情份，看得淡一点。

委屈了，默默无语；误解了，微微一笑。

有些人无须计较，计较会烦；有些事不必在意，在意会累。

认识靠机缘，了解靠智慧，相处靠宽容。

经营好心情，生活会快乐。

为人处事，遇到问题，多从自己身上找原因，少去责怪他人。

很多时候，有些问题看似是别人造成的，
其实是自己造成的。

如果你一味地忍让，委曲求全，你以为你没有错，
其实你真的错了，你失去了你的原则，
你失去了你的底线，还失去了你的尊严。

做人，不要去怪任何人，因为真没这个必要。

是别人的错，何必拿来惩罚自己，是自己的错，
为什么去责怪别人？
一切因由，皆由自己起，也由自己灭！

做人，靠心，不靠嘴；做事，靠干，不靠吹。

用真心待人，换得知己；用嘴巴待人，难换诚信。

尺有所短，别拿自己的标准衡量别人；
寸有所长，别用自己的眼光审视他人。

人人都有不足，事事难有完美。

出言有尺，戏谑有度，不要颠倒是非，不要无中生有。

话，只说真言；嘴，要吐善语。

无视纷争，不畏流言，才能过得心安理得；不惧猜疑，不去计较，才能活得轻松快活。

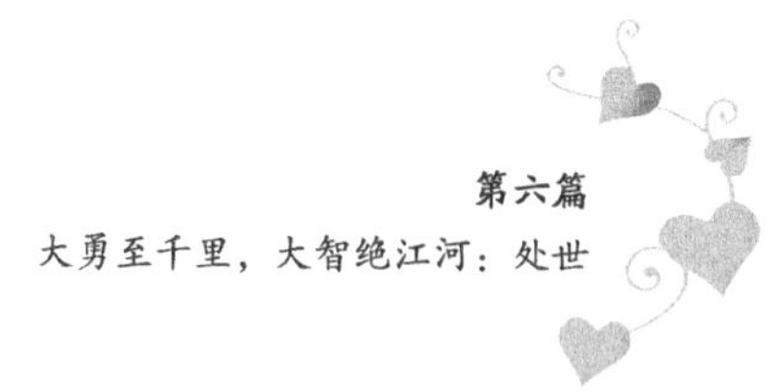

事能为则为之，不能为则不为。

不苛求于人，己所不欲勿施于人；
不苛求于己，不欲之事勿施于己。

岁月似河，昼夜奔流。

云卷云舒享受生活，花开花落无须计较。

看淡了，是非曲直也就不计较了；
放下了，成败得失也就不比较了。

昨天无论好坏，都已过去；明天无论成败，还没来到；
今天无论得失，都要面对。

学会豁达，懂得洒脱。

有些事，说起来容易，做起来难；
有些人，劝别人容易，劝自己难。

在劝别人时，引经据典，分析利弊，说得头头是道，
感动了当事者，赢得了人们的赞许。

然而，对自己，怎么也转不过弯，常常苦恼悲戚。

因此，要想让怒气、烦恼、忧愁和悲伤远离，
除了朋友的安慰，最最关键的还是自己劝自己。

劝人先劝己，劝己须明理。

旁观我清醒，当局亦不迷。

但愿这个世界上，最难劝的人不是你。

话再漂亮，不守诺言，也是枉然；
情再浓厚，不懂珍惜，也是徒劳。

迁就你的人，不是没有脾气，是舍不得你；
忍让你的人，不是因为愚笨，是很在乎你；
关心你的人，不是闲得没事，是很记挂你；
珍惜你的人，不是欠你什么，是很牵挂你。

真诚的人，走着走着，就走进了心里；
虚伪的人，走着走着，就淡出了视线。

人与人之间的相遇，靠的是缘分；
人和人的相处，靠的是真诚。

亲情、友情、爱情，因为在乎，更加在乎。

话不说尽有余地，自己进退能自如；
话到嘴边留三分，话留三分有好处。

事不做尽有余地路，是敌是友好走路；

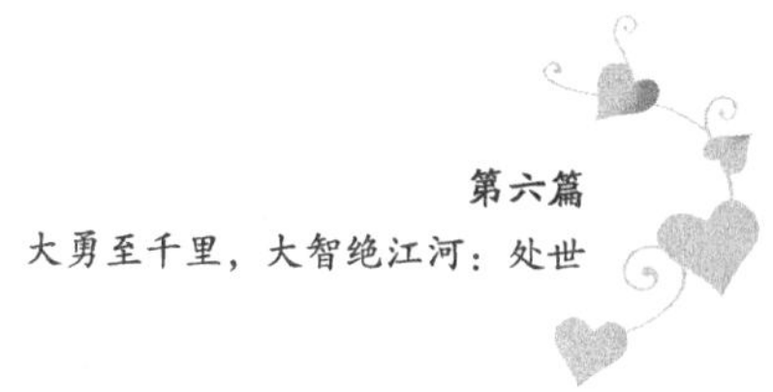

要给他人留退路，是给自己留余路。

情不断尽有余韵，余生有人来光顾；
留点情义给他人，为己将来铺好路。

凡事都要“有余”，人生才能顺当。

多为自己铺路，少给自己拆桥。

聪明人不问三件事：与你无关的事，别问；
未来不定的事，别问；刨根问底的事，别问。

水至清则无鱼，人至察则无友。

聪明人不说五句话：
废话不说，心里话少说，怨话不说，假话不说，大话不说。

静坐常思己过，闲谈莫论人非。

你若计较，处处都是怨言，心若放宽，时时都是晴天。

人生不一定每天都很好，
但每天都会有些小美好在等着你，
它可能是清晨绚丽的朝霞、
正午饭菜的香气、夜晚暖心的话语。

学会发现生活中的美，才能开心度过每一天。

有时候天气很好，阳光很足，我们却感觉不到幸福。

其实，幸福来源于心境，
有什么样的内心就有什么样的世界。

当我们拥有嫉妒之心时，就会气愤；
当我们拥有真诚之心时，就会平和；
当我们拥有知足之心时，就会快乐。

世事无常，又很简单，幸福与不幸福只在一念之间。

心怀感恩，所见所遇皆光明。

心中装着多少感恩，生命就会享受多少福气；
心中装着多少怨恨，生命就会感受多少苦痛。

尺有所短，寸有所长。

别拿自己的标准衡量人，别用自己的眼光审视人。

人都有不足，别用自己的心胸去度人；
谁都不完美，别用自己的心眼去律人。

得饶人处且饶人，得放手时须放手。

饶过了别人，放过了自己。

心宽一尺，自身轻松。

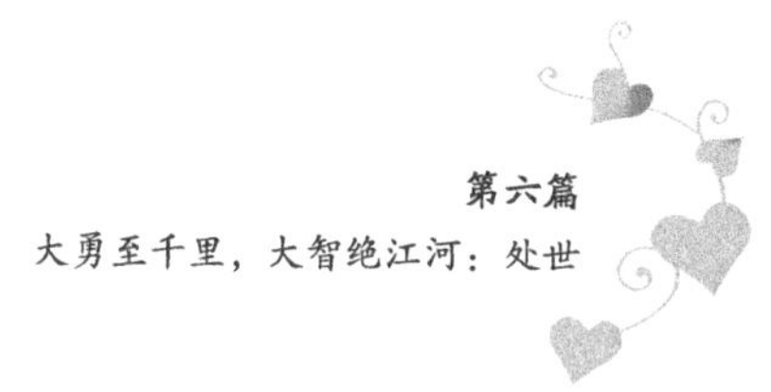

为人要诚恳，说话要中肯。

做事要讲究诚信，以心换心；交人要懂得感恩，将心比心。

学会感恩，才会知足常乐；
学会感恩，才会恬淡自然；学会感恩，才会路宽人助。

热闹时，要合群；孤独时，要适应；有快乐，要分享；
有痛苦，要自扛；有难处，要乐帮；有责任，要担当。

被人称赞时，须保持平和，莫忘乎所以；
被人指责时，须保持冷静，莫火冒三丈；
被人诽谤时，须保持大度，莫暴跳如雷。

人生在世，所有都属正常，一切都难避免，什么都会发生。

坦然面对才是高素养，虚怀若谷才是好涵养。

不要因为别人的错误和无知，给自己带来烦恼和痛苦。

别把善良给错了人，白白浪费了这颗纯净的心，
你的善良要给值得的人，你的宽容要给真诚的人，
人心看不见，感情要体验，与君子为友，
拿真心交换，和小人相处，要划清界限。

人善，人欺，天不欺，善良的人，老天会眷顾，

心语·新语

算计的人，老天不饶恕，请珍惜你的善良，
别被坏人利用，请收好你的善心，别被豺狼欺负！

要想在人前显贵，就得在人后受罪。

愿你学会奋斗，拥抱最真实的自己，遇见最美好的生活。

可以感慨，可以发些牢骚，但是，
一些风言风语，不妨一笑置之，大可不必计较。

有些人，有些事，要懂得释然，也许一个转身的思考，
就会在不经意间增长弥足珍贵的智慧，一时的想不通，
纠结成团的心事，便会在知足常乐中化解。

得意时心持一份凝重，会走得更远；
失意时心存一份希望，能走出困顿。

世上有一种高贵，叫“理解”；
世上还有一种难得，也叫“理解”。

理解是相互的，任何一方的理解，
都换不来对方的不理解，更换不来对方的误解。

善于理解他人，将会悦人悦己。

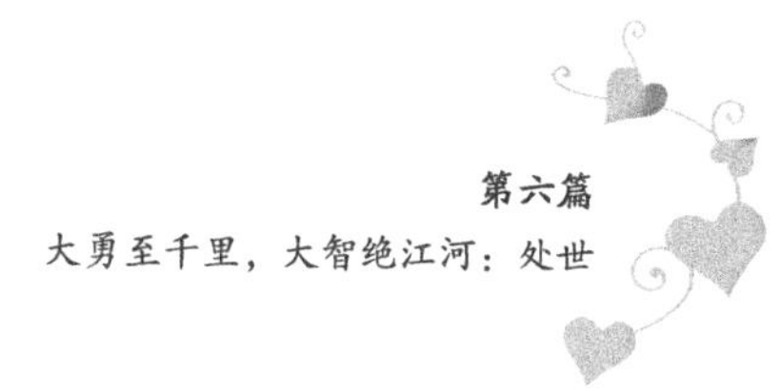

人际交往，语言沟通很必要，神态沟通也有效。

一个善意的眼神，让人心旷神怡；
一个温馨的微笑，让人如沐阳光；
一个忍让的动作，让人心生暖意。

有些话不说，避免伤人；有些理不辩，避免伤情；
有些事不争，避免惹祸。

多一些退让，就会少一些后悔；
多一些忍让，就会少一些麻烦。

谦卑的姿态，和善的心，阳光的心态，
换位的理解，于人吉祥，自身安详。

人生有度，交往有方：三分欢喜，七分珍惜；
三分明讲，七分默契；三分奢求，七分期待；
三分沟通，七分忍耐。

生存世间，忌讳去做：荣誉来了，争着去抢；
责任来了，躲躲藏藏；朋友得势，如影随形；
朋友落难，避之恐惶；遇见能人，哥短姐长；
遇见权贵，忘记自尊；遇见弱者，嗤鼻冷对。

做人做事，要有原则。

心语·新语

可以发表意见，但不能挑拨是非；
可以不做好人，但不能为非作歹；
可以不做君子，但不能妄作胡为；
可以不说感谢，但不能恩将仇报。

财富会散、相貌会变、权利会失，唯有人品不能衰败。

人品是张通行证，善良积德福自成。

换位思考人温婉，雪中送炭聚真朋。

和人相处，需要真心。

真心是信任，也是在乎；真心是理解，也是呵护。

相处，需要真心；交往，贵在真诚。

你对别人真心，别人还你真情。

多一点真诚，少一些套路；多一些真心，少一些算计。

真心，价值千金；真诚，异常宝贵。

只要心真，就能收获真情；只要心诚，就能收获真意。

金钱可以花完，财富可以散尽，真心不可离弃。

与人相处，别总算计。

给出真心，不吃亏；待人真诚，有好福。

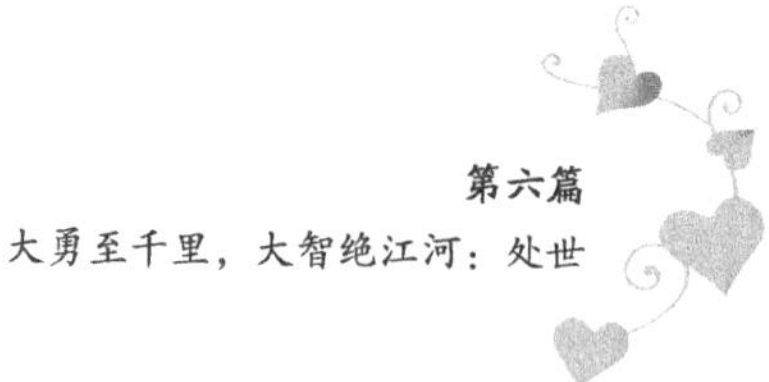

人生有三忌，一忌私欲太重，二忌格局太小，三忌抱怨太多。

追求美满生活，本乃人之常情，
但欲求过盛，过于贪婪，终会为其所累。

坚持该坚持的，放弃该放弃的，懂得取舍，
才能在物欲横流的社会，轻松快乐地生活。

对过去的错误不耿耿于怀，对被骗的小钱不愤懑不平，
对无谓的争论不怀恨在心。

有些人，该放就放；有些事，该忘就忘。

把不值得的人，请出朋友圈；把不该记的事，清出备忘录。

懂得放下，才能拥抱现在，才能体验当下。

不抱怨，把消极与悲情从心中扫除；
懂感恩，让阳光与希望将内心填满。

欲望少了，才能有所得；
格局大了，才能赢未来；抱怨没了，才能看得开。

说话有分寸，做人有底线。

言语，不是上下嘴唇碰撞后的简单音符，
而是内心情感升华后的心灵折射。

美言，是四月风、六月雨，于春光融融中抚慰人；

恶语，是十月霜、腊月雪，在寒风凛冽里毁灭人。

与人善言，暖于布帛；伤人以言，深于矛戟。

克制一点，不放纵语言，好好说话，是最大的善良。

言语有温度、行为有自省、处事有分寸，成就最好的自己。

时间如镜，会照出真心；时间如筛，会筛选真情。

生命有裂缝，阳光才能照得进来；
路上有坎坷，人才会变得坚强起来。

别总期待他人的陪伴，别总依赖别人的照顾。

自己独立，才有底气；依靠自己，才无畏惧。

笑而不语是一种豁达，痛而不言是一种修养。

正职四不：
总揽不独揽，宏观不主观，决断不武断，放手不撒手。

副职四不：
献策不决策，到位不越位，超前不抢前，出力不出名。

平级四不：
理解不误解，补台不拆台，分工不分家，交心不多心。

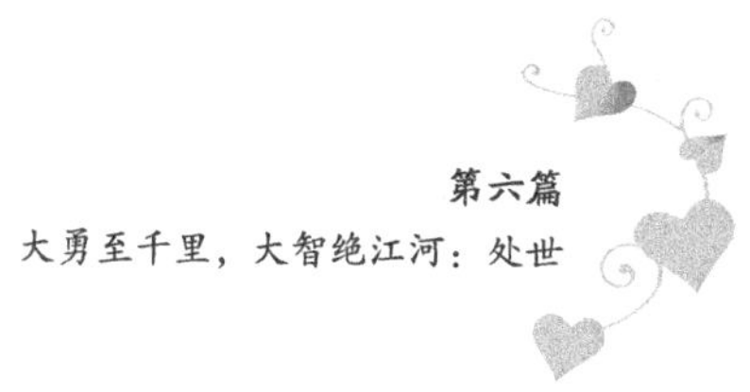

用人四不：
用人不整人，管事不多事，讲话不多话，严格不严厉。

人活着，要低调。

天外是天，人外是人。

一山更比一山高，强中自有强中手。

横向对比吃苦头，纵向对比才进步。

与其羡慕他人的生活，不如奋斗自己的目标。

跌宕起伏不忘初心，踏踏实实牢记使命。

为人低调，有人信任；做事低调，让人欣赏。

不争不抢，做好自己；不浮不躁，自己努力。

默默无闻不断努力，必有风生水起之日。

人生，抓得住的才好，抓不住的不要。

倘若真正看淡，又何须计较空名浮利。

身清才可心清，心清才可万事清！得到是福，失去也是福。

得与失，谁又能分得清是福还是祸？

永远都不要被眼前的假象所迷惑。

世间万物皆是一个“缘”字，有缘无缘，让一切顺其自然；
是得是失，让一切随遇而安。

人生两件事：忙着，清醒做事；闲着，难得糊涂。

时时清醒的人，看得太真切、太较真，于是烦恼遍地；
难得糊涂的人，处处不计较、不比较，却能觅得快乐。

世界很大，个人很小，没有必要把所有事情看得那么重要。

任何事，无论多难，都会成为过去，不要跟它过不去；
任何情，无论多冷，都要微笑面对，不要等到失去才珍惜。

生活就是这样，无论甜蜜还是辛酸，都要快乐地过下去；
人生就是这样，无论悲伤还是快乐，都要用心地走下去。

钱不要多，够花就好；朋友泛泛，交心就好；
漫漫余生，静心就好。

你的心态，会支撑你一生的发展。

你的眼界，会决定你选择的方向。

你的格局，会决定你有多大的成就。

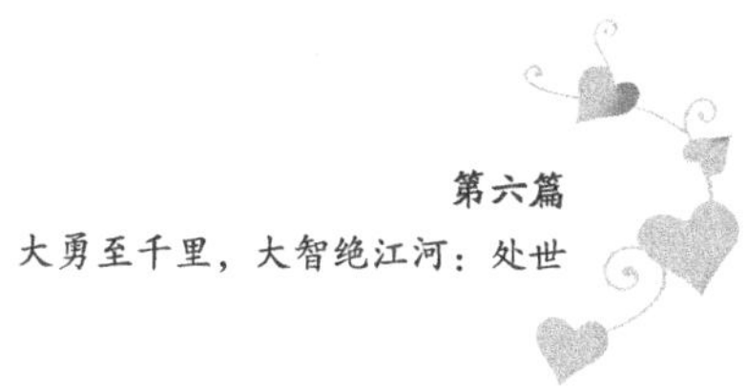

你的毅力，会支持你走得更远。

路要自己选，事要自己拼，一切在于自己。

宁可流汗，也不要流泪，宁可偶尔哭泣，也不要随意放弃。

做人有尺，人生有度。

说话要适度，这是为人处世的智慧；
办事要速度，这是干净利落的能力；
胸襟要大度，这是充满智慧的情商；
办事有力度，这是言出必行的品格；
读书有厚度，这是博览群书的深度；
视野有宽度，这是历阅世事的格局；
追求有高度，是不忘初心的修养。

酒有度数才能醉人，人有度数才能成人。

这辈子，和谁过、怎样过、过多久？
有人因为爱情，有人因为物质，
有人因为容貌，有人因为前途。

一生有多长，回头看看已走过一半。

走过坎坷，才知道平安就好；
尝过酸甜，才知道平淡就好；历尽兴衰，才知道知足就好。

坦坦荡荡地活着，对得起自己的良心；
有情有义地活着，别忘记自己的初心。

山外有山，天外有天。

真正聪明的人，都知道一山更比一山高，
做人谦虚点没什么不好。

自信有助于一个人的成功，但脱离实际的自负和傲慢，
不但不能帮助一个人取得事业上的成功，
还会对人际关系造成不好的影响。

唯有低调不张扬，谦虚不自夸，这样的人才最受欢迎。

时间见证真假，公道自在人心。

真情实意的人加倍珍惜，虚情假意的人选择回避。

懂你的人不用辩解，不懂的人辩解无用。

简简单单地生活，实实在在做自己。

不管天气怎样，给自己的世界一片晴朗；
不管季节变换，让自己的内心鸟语花香。

活在别人的世界里，你只是一片叶子，再绿也是衬托；

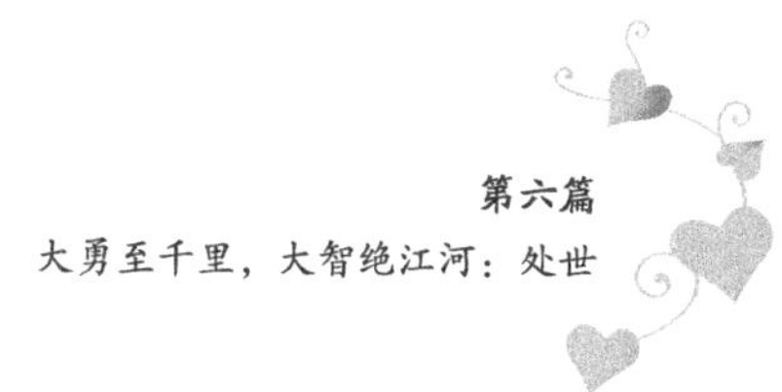

活在自我的世界里，你却是一朵鲜花，怒放就会有精彩。

简简单单做人，无愧于心；本本分分做事，不欺于人。

心再累，也要保持自己和蔼的脾气；
心再痛，也要许给自己清醒的宁静。

让世界灿烂的，不是阳光，而是微笑。

该明白的时候大智若愚，该装傻的时候难得糊涂。

该睁一只眼就睁一只眼，没必要的就不要说出来。

不要把人逼上绝路，记得留条后路。

用凡心看自己，用童心看世界。

人生，没有那么多的惊天动地；
生活，没有那么多的功名利禄。

守住每一天的好心情，远离每一次的坏情绪，
让日子充实、生活丰盈、岁月快乐、人生舒心。

知足常乐，难得糊涂。

看不开，就背着；放不下，就记着；舍不得，就留着。

世界很大，不要处处比较；个人很小，不要斤斤计较。

任何事都会成为过去，任何人都会成为历史。

无论多难，都要微笑面对；无论多苦，都要坚强应对。

无论悲伤还是快乐，不沉溺过去，不畏惧将来。

人生已经不容易，有些事，想再多也无济于事。

要知道，是你的终究是你的，不是你的始终都不是你的。

要来的，谁也拦不住，要走的，谁也留不住。

包容自己吧，别再胡思乱想；宽容自己吧，别再斤斤计较。

最好的人生，就是要对得起自己；
最好的生活，就是让自己过得有滋有味。

小草不和大树比高矮，你有你广阔的天，我有我辽阔的地。

清茶不和咖啡比品味，你有你浓烈的香，我有我清淡的色。

做人不和别人比生活，你有你疲惫的追求，
我有我平常的快乐。

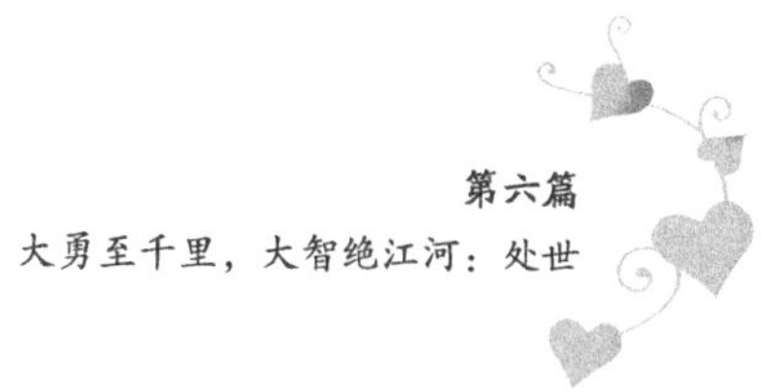

这一生，怎么活都是活，这一世，哪样过都是过。

攀比的心，让人失去快乐；嫉妒的心，让人增添愤怒；
简单的心，让人减少烦忧；知足的人，让人享受幸福。

该是你的，不争不求也会拥有；
不是你的，百般拦阻也会溜走。

任何人、任何事，尽力就好，努力就够。

人不争，一身轻松；事不比，一路畅通；心不求，一生平静。

做一个知足常乐的人，让家庭安安稳稳；
对朋友真真诚诚；对生活充满激情！

日子，是在忙忙碌碌中平淡；生活，是在粗茶淡饭中生香；
人生，是在坎坷挫折中历练；心情，是在百味杂陈中安暖。

心若不悲，人就不寒；心若不离，爱就不远；
心若不恨，世间有暖；心若无澜，碧海青天。

眼，不见为净，心，不冷为美。

把该放下的放下，让心轻松；把该忘记的忘记，让心清净。

生活既难也易，人生既长也短。

遇见善良，学会付出；遇见微笑，学会分享；
遇见坎坷，学会勇敢。

人生路艰难，但若微笑面对，就能享受生活。

心是苦的，人生处处苦海无边；
心是甜的，人生处处曼妙风景。

有许多东西，忘记的叫过去，忘不掉的叫记忆；
身体里，有好多信息，潜伏的叫等待，涌动的叫热爱。

别把自己看得太高，这个世界离开谁都行；
别把自己看得太低，这个世界你独一无二。

风雨人生路，没有永远的晴天，也不可能永远是阴天。

别总是遥望不属于自己的风景，
那些遥不可及的奢望，有时候会让自己迷失方向。

满目苍山空望远，不如珍惜眼前人，走好脚下路！

聪明的人想得通，精明的人看得准，高明的人看得远。

放下烦恼，得到清净；放下争执，得到宁静；
放下摇摆，得到心安。

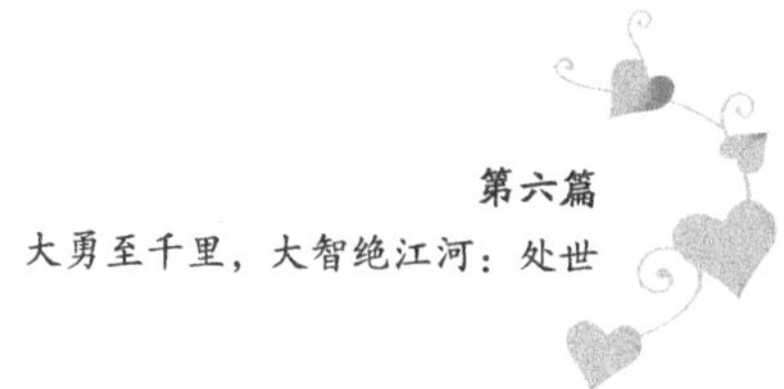

以大坚持，破一切迷障；
以大毅力，渡一切苦厄；以大智慧，斩万般束缚。

自己不努力，没人替你成长。

微笑才会美丽，奔跑才有力量，努力才能成功。

若晴天和日，就静赏闲云；若雨落敲窗，就且听风声。

若流年有爱，就心随花开；若时光逝却，就珍存过往。

生活再不如人意，都要自我温暖，给自己多一些欣赏；
人生再怎么艰辛，都要学会慰藉，给自己多一点鼓励。

人的心灵就像一个容器，时间长了里面难免会有沉渣，
要时时清空心灵的沉，该放手时就放手，该忘记的要忘记。

删除心灵的垃圾，刷新暂存的苦恼，重拾快乐的记忆。

做人三不问：不问金钱，不问官职，不问寿命；
做好自己，快乐生活。

三不说：不说怨话，不说大话，不说谎话；
说话有度，少说多做。

三不帮：
不帮隔人的忙，不帮涉情的忙，不帮涉仇的忙；
分清好坏，不惹祸端。

心语·新语

三不交：
不交不孝的人，不交无情的人，不交忘恩的人；
做人有度，交友有线。

三不求：
不求酒肉之人，不求懦弱之人，不求挑拨离间的人；
不妄求救，心安身安。

三不忘：
不忘同甘共苦的朋友，不忘血浓于水的亲人，
不忘相濡以沫的爱人；坦荡做事，清白做人。

给别人留点空间，给自己留有余地。

利不可赚尽，福不可享尽，势不可用尽。

这个世界，不是一个人的世界，而是所有人的世界。

说话要留有空间，做事要留有余地。

腹中天地阔，常有渡人船。

多一分宽容，就会多一分理解；
多一分善良，就会多一分希望。

赠人玫瑰，手留余香。

与人方便，自己方便。

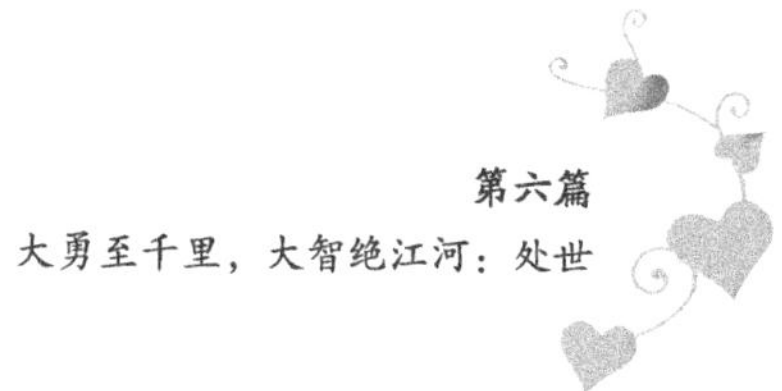

心地善良的人，品德一定过人；
心里知足的人，生活得一定很幸福。

经过半生的体检，明白独立的重要。

没有人能永远陪着你，没有人能一直帮你忙。

靠别人，心会变；靠自己，最安心。

半生已过，明白人生有尺，得失看淡；
半生已过，明白说话有度，顺势而为。

过好自己的日子，粗茶淡饭也是幸福；
珍惜身边的家人，和和睦睦就是财富。

半生已过，懂得珍惜，过一天少一天；
半生已过，知道加减，见一面少一面。

活好剩下的每一天，不留遗憾；
珍惜身边的每个人，不亏不欠。

终生受用的四句话。

第一句：与其斤斤计较，不如糊里糊涂。

第二句：既然无法强求，不如学会知足。

第三句：与其争争吵吵，不如心平气和。

第四句：既然不能如愿，不如试着释怀。

能开开心心，就别愁眉苦脸；
能看淡放下，就别耿耿于怀。

做好自己，走好脚下的路，不伤害他人，
不勾心斗角，简简单单地做人，真心实意地待人。

计较多了，心情累了；欲望大了，幸福少了。

人生百味，繁华万千，过眼云烟，昙花一现。

人与人之间，全靠一颗心；情与情之间，全凭一寸真。

人这一生，没有最好的年龄，只有最好的心态。

随着岁月的流逝，增长的不只是皱纹，还有广阔的胸怀。

在变老的路上，有人活得老气横秋，
有人却老得精彩，老得自在。

这是因为，真正的优雅，是内心的从容。

康德说：“老年时像青年一样高高兴兴吧！

青年人好比百灵鸟，有他们的晨歌；

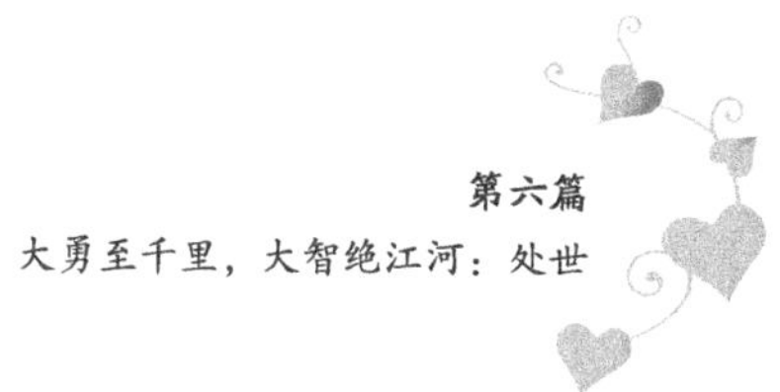

老年人好比夜莺，有他们的夜曲。

只要不在意自己的年龄，才能始终保持一颗不老的心。

衰老是自然的规律，而心态的年轻可以带动身体，
始终保持一个健康的姿态。

在变老的路上，好好善待自己！

有些人头脑简单，虽然吃过亏，上过当，但活得特自在；
有些人工于心计，虽然占便宜，得好处，但过得很焦虑。

不计较，活得开心；不比较，过得快乐。

你有你疲惫的追求，我有我平凡的快乐。

没必要盯着别人的生活，自怨自艾；
没必要看着别人的幸福，迷失自己。

生命只有一次，或长或短；感情只有一回，或喜或悲。

无法预知未来，每一步路都需要自己去体会；
无法强求生活，每一次都需要自己去面对。

顺其自然，知足常乐。

心语·新语

聪明常见，靠谱难得。

所谓靠谱，就是做事让人放心，给出的承诺要去践行，
答应的事要尽力完成。

成为一个靠谱的人，是成本最小的人际交往方式。

从今天开始，我们每一个人都应该做一个靠谱的人，
重承诺，不挖坑，把每件事尽力做到最好，
你的工作和生活自会蒸蒸日上。

人生有尺，生活有度。

说话要有分寸，交往要有距离，相处要有底线。

掌握好度，人才不累；弄清楚度，才不糊涂。

说话要留三分余地，共事注意把握分寸。

在人下，别巴结讨好，让人轻视自己；
在人上，别趾高气扬，惹人笑话自己。

不高看别人，不小瞧自己；不轻视别人，不张扬自己。

该争取的时候不放松，懂得抓住机会；
该放弃的时候不执着，懂得随遇而安。

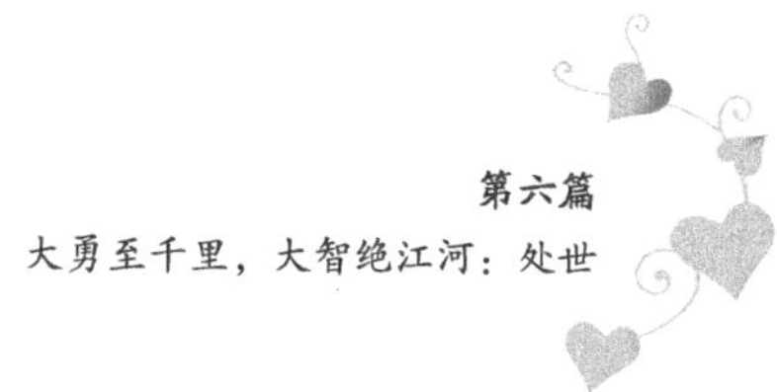

心静如水，烦恼才会少；随遇而安，纠葛才会浅。

只有不辜负，才能被看重；只有不亏欠，才能少遗憾。

心起于善，善虽未为，吉神已随之；
心起于恶，恶虽未为，凶神已随之。

无人理睬时，坚定执着；万人羡慕时，心如止水。

最好的心态是平静，最好的状态是简单，
最好的感觉是自由，最好的心情是童心。

轻财聚人，律己服人，量宽得人，身先率人。

心有主见，不听传言，莫论人非，笑对人间。

真正的智者不是高调的人，而是敢于低眉的人。

越是张扬的人，越是无所是处；
越是低调的人，越是蕴藏着不可估量的能力。

低调之人如淡雅之花，不靠华丽的外表吸引他人的眼球，
而用自己内在的芬芳让人敬服。

外表易流逝，内心的丰盈才会愈加有味。

得理时，让一让，给人留条路；
无理时，让一让，给己留退路；
愤怒时，让一让，把心情恢复。

让，不是一种屈服，而是一种大度；
让，可能一时委屈，却能减少冲突。

让，也许不能给你带来好运，但是可以帮你化解矛盾。

要有赞人之口，要有纯净之眼，
要有助人之手，要有忍人之胸。

接纳多少，得到多少。

会让，是赢家，让了，是智者。

学会知足常乐，不要总为失去而痛苦，
因为失去也是另一种拥有；
学会随遇而安，不要总为比较而忧愁，
因为挫折也是另一种成熟。

聪明的人懂得放弃，真情的人懂得牺牲，
幸福的人懂得超脱。

安于一份放弃，固守一份清静。

世上本无事，庸人自扰之。

既要拿得起，更要放得下。

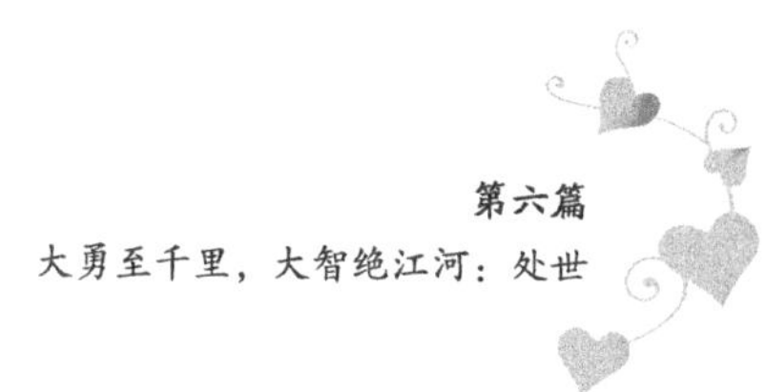

删除昨天的不快，刷新今天的心情，重启明天的快乐。

时光匆匆，新年来临。

不论过去，让心归零。

别让昨天的雨水，打湿今天的衣裳；
别让过去的阴霾，影响未来的灿烂。

那些堆积满腹的酸楚，找一个朋友，静静地叙说；
那些压在身上的疲惫，找一处角落，安逸地睡觉。

那些看不透的人心，不看；那些听不懂的声音，不听；
那些弄不明的感情，不要。

相遇靠缘分，珍惜该珍惜的人；
相知靠真诚，忘记该忘记的事。

得到，不骄不躁，不忘初心；失去，不气不馁，心如止水。

缘来，举手欢迎，用心相处；缘去，注目相送，真心祝福。

岁月如水，人在历练中成长；心境如冰，心在磨练中坚强。

从头再来，悔过思过尽在珍惜；
辞旧迎新，抛却忘却有始有终。

放下过去，让心归零，轻装上阵，勇往前行。

做人学道家，要大气一点；做事学儒家，要实在一点。

不见不散的，才是真朋友；不离不弃的，才是真感情。

人，总要有一个家庭遮风挡雨；
心，总要有一个港湾休憩靠岸。

忙里有闲，才有欣赏美景的意趣；
闲中有忙，不会失去生活的热情。

原谅别人的过失，可以解脱自己的心境；
包容世间万物，可以得到永恒的快乐。

人生如茶，静心以对；时光如水，沉淀方澈。

无事心不空，有事心不乱，大事心不畏，小事心不慢。

世事难以预料，遇事无须太执；
人生难免遇挫，无须过于烦躁。

遇困要不急不躁，遇烦要不悲不忧。

耐得住，伤得起，拿得下，放得开，看得准，活得透。

早晨，心情要挽着晨曦灿烂升起，用温煦美丽驱散烦恼犹疑；
夜晚，快乐要带着霞光耀眼升起，用舒畅沁凉洗涤沮丧忧郁。

生命有裂缝，阳光才能照进来。

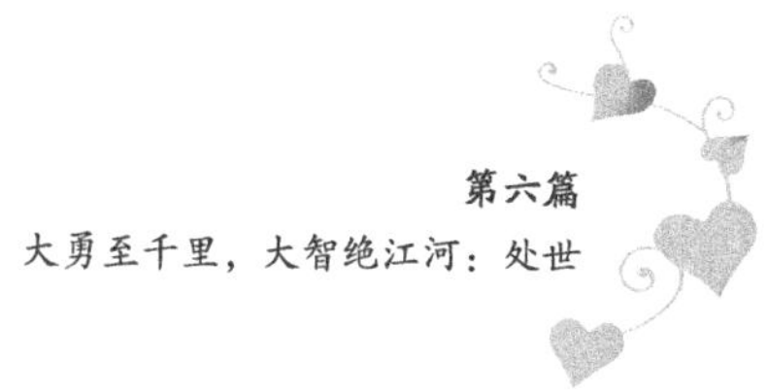

只有未到的黎明，没有永恒的黑夜。

天下没有免费的午餐，没有人能在休闲中收获想要的一切。

想要果实，须先播种；想要收获，须先耕耘。

生活的累，无人能幸免。

如果超出了负荷，就停下来，歇一歇。

不要让自己身心俱疲，更不要把自己的坏情绪传染给别人。

也许，我们付出得多，得到的少；
也许，我们费尽心血，也没有得到自己想要的。

世界上，本身就没有绝对的公平，
内心的从容和淡定，才是通向铺满芳香和阳光的坦途。

第七篇

山重水复，赏花飞马，快意天涯：

山重水复，[illegible]

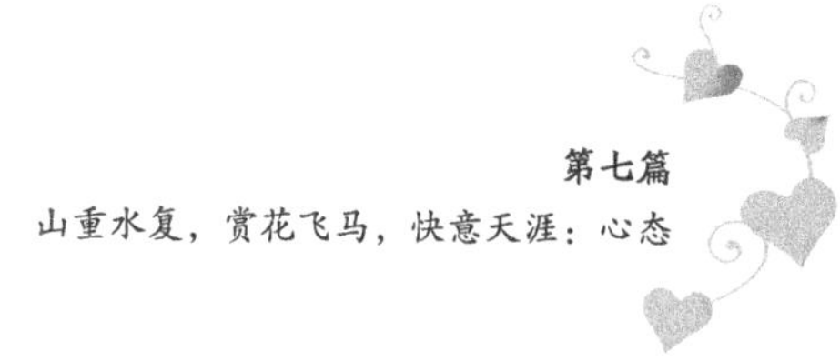

心甘情愿吃亏的人，终究吃不了亏。

能吃亏的人，人缘必然好，人缘好的人机会自然多，
人的一生能抓住一两次关键机会，足矣！
爱占便宜的人，终究占不了便宜。

捡到一棵草，失去一片森林，
你看那些一到买单就上厕所或钱包半天掏不出来的聪明人，
基本上都没啥特别的成就。

心眼小的人，天地大不了。

朋友聚会时，三句话不离自己和自家的人，
是蜗牛转世，内心空虚、自私。

心里只有自家的事，其他人的事慢慢也就与他无关。

不管是谁，不要把别人的忍让看成理所当然，
不要把他人的包容当成懦弱无能。

谁都不傻，选择让步，愿意忍耐的人，
都是因为把对方看得很重。

忍让，是思前想后做出的决定；
包容，是不计前嫌给人的机会。

没有谁会无缘无故地委屈自己，去迁就一个无关紧要的人。

心语·新语

所有的原谅皆是因为不舍，所有的忍让全是因为在乎。

人要懂珍惜，更要懂感恩，不要欺负忍让你的人，
不要无视包容你的人。

一件事，就算再美好，一旦没有结果，
就不要再纠缠，久了会疲倦，会神累；
一个人，就算再留念，如果留不住心，
就要适时放手，念久了会神伤，会心碎。

坚持未必是胜利，放弃未必是认输。

错失了夏花绚烂，错不过秋叶静美。

事会成为过去，人会成为故事。

无论多难，都要学会接受、改变、转身。

心态决定成败！如果你是蚂蚁心态，
再小的石头都是障碍。

如果你是雄鹰心态，再高的山峰也敢尝试！
行走的高度不一样，做人的格局也不一样！
我们每天要做的是如何提升自己的高度和深度，
而不是每天讲述自己的障碍和烦恼。

心小，任何事情都是大事，心大，任何事情都是小事！

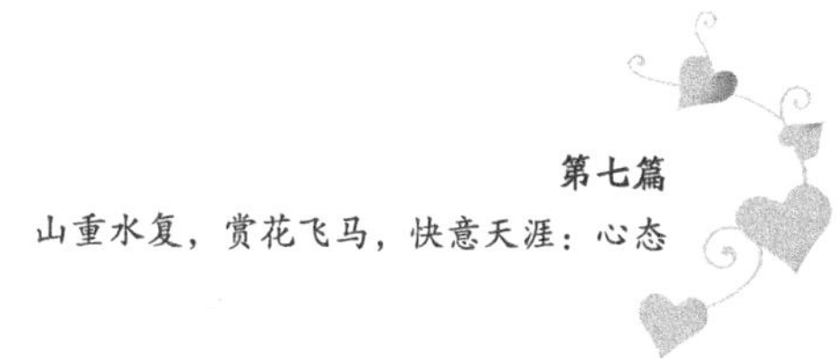

人生是一场自我修行，不断尝试更好的事情新鲜的事物，
不断超越自我，提升格局！你做到了，生命必然绽放！

别把自己看得太重，只有拿得起、放得下，
多一些宽容，多一些理解，
人生就会愈显安逸，才能找到更真实的自己。

很多东西失去了就失去了，只要曾经拥有过就好。

只要看淡一切，看开一切，什么都是次要的，
只有健康、快乐地过好每一天，才是最重要的。

人活着谁也争不过朝夕，生存的意义不在于你活了多少年，
而是活着的那些日子你做了些什么，是否活得有意义。

得到需要的，是福；贪求过多的，是累。

大富大贵，勿求于外。

权势，不可使尽；福报，不可享尽；
便宜，不可占尽；聪明，不可用尽。

凡事，吃亏是福；凡事，忍让是德。

天外有天，人上有人，别自视清高。

生命的整体是相互依存的，
世界上每一样东西都依赖另一样东西。

帮助他人是一种崇高，理解他人是一种豁达，
原谅他人是一种美德，服务他人是一种快乐，
得到别人的理解或欣赏更是一种幸福。

摆正自己的位置，学会感恩。

感恩大自然的福佑，感恩父母的养育，
感恩食之香甜，感恩衣之温暖。

跟不属于自己的人和事说声再见，
跟那些不开心不痛快做个告别。

该忘的忘，该放的放。

让悲伤随风而去，让愤怒随烟而散，让忧愁随心而逝。

与悲伤和解，与喜悦重逢。

放过过去，过好当下。

懂得给予快乐，懂得丢掉忧愁。

淡然处之是人生品德，宽容处之是人生智慧，
快意处之是人生佳境。

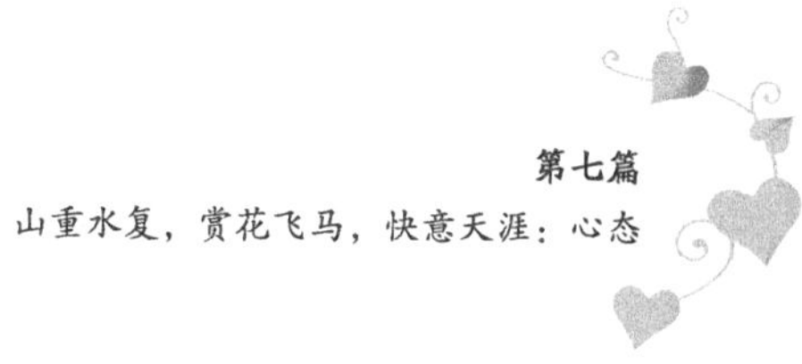

年终岁末，忘记从前的伤痛，
开启新的一年，过好新的一天。

人生最大的错觉，是来日方长，
总把今日过成昨日，人生只会成为旧时光的重复。

那些将过去抱得太紧的人，腾不出手来拥抱现在。

请记住，没有来不及的改变，只有拒绝改变的借口。

坚定地、勇敢地向前走吧，相信自己，现在就是最好的时机。

不跟时间较劲，也不跟岁月骄矜，
你终会活成自己期待的样子。

走过前半生，看懂了是非，褪去了浮躁，学会了淡定。

心静则清，心清则明。

抛却多余的杂念，日子才能过得知足且安宁；
剪掉多余的枝丫，树木才能愈发枝繁且叶茂。

过去不可追，往事不可留。

余生，心静如水，自在随缘。

既然命运不偏爱于你，不让你鹤立鸡群，
不让你出类拔萃，又何必硬要强求呢？
开心是一天，不开心也是一天，
为什么硬要逼着自己不开心呢？
人的一生，是生不带来、死不带去的一生。

我们在亲人的欢笑声中诞生，又在亲人的悲伤中离去。

金钱名利都不是最重要的，最重要的是善待自己。

想开些，就算拥有了全世界，最终也会烟消云散。

春有百花秋有月，夏有凉风冬有雪；
若无闲事挂心头，便是人间好时节。

不要妄求，不为名利的事发愁，不为是非的话计较。

活在当下，不为过去的事后悔，不为将来的事焦虑。

心上无事，身上无病，便是人生好光景。

不知不觉，我们渐老。

累了，该歇就歇，身体重要；
困了，该睡就睡，别总熬夜；
饿了，该吃就吃，别再节省。

一辈子很短，眨眼就过完。

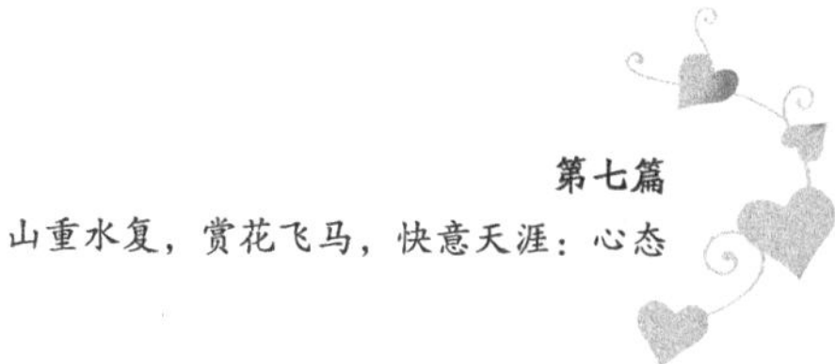

省吃省用，又有啥用；余下攒下，全给留下。

别和小人计较，别和家人生气，别和自己较真。

活一天就开心一天，过一天就舒服一天。

破事不放心里，两耳不听碎语。

宽容就是忍耐，后退一步，天地自然宽阔。

宽容就是忘却，忘却过去的是非曲直，
忘却他人的无端指责。

宽容就是谅解，多理解他人，将心比心。

宽容就是潇洒，不患得患失，做到宽厚待人，容纳非议。

宽容就是大度，我们经常听到的“宰相肚里能撑船”，
便是对宽容的形象化说法。

我们十分熟悉的一句名言“有容乃大”，
便是对宽容的赞美。

头，要抬得起来，低得下去。
抬头看天是方向，低头看路是清醒；
抬头做事是勇气，低头做人是底气；

心语·新语

抬头微笑是心态，低头看花是智慧；
逆境时抬头是韧劲，顺境时低头是冷静；
位卑时抬头是骨气，位高时低头是谦逊；
失意时抬头是自信，得理时低头是宽容。

一样的眼睛，不一样的看法；
一样的耳朵，不一样的听法；
一样的嘴巴，不一样的说法；
一样的心，不一样的想法；
一样的人，不一样的活法；
所以朋友不比美丑，心态平衡就好；
车子不比有无，一路平安就好；
吃穿不比贵贱，身体健康就好；
日子不比贫富，活得开心就好；
做事不比圆满，问心无愧就好。

每个人都有一扇窗，推开了，看别人的繁华；
关上了，享自己的精彩。

聪明的人，总在寻找好心情；
成功的人，总在保持好心情；
幸福的人，总在享受好心情。

同样是一颗心，有的能装下高山，
有的能装下大海，有的却只能装下一己之悲欢。

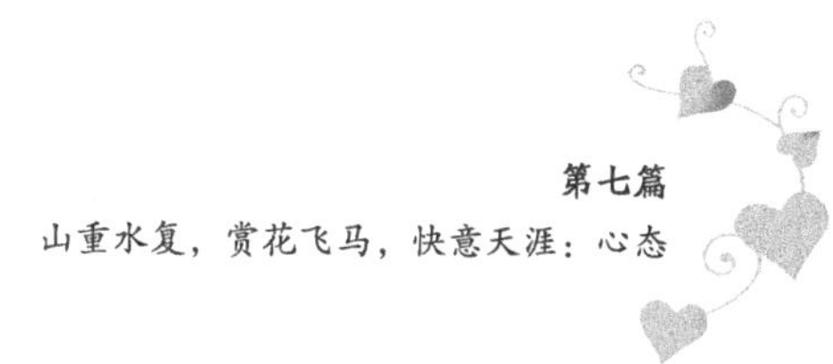

心有多大，世界就有多大，梦想有多远、脚步就有多远。

行至水穷路自横，坐看云起天亦高。

路旁有路，心内有心，凭的是眼界与心胸。

命运只有自己能掌握，拐弯是前进的一种方式。

有人说，人在前进的路上就是两件事：前进和拐弯。

前进需要勇气，拐弯需要智慧。

路不通时，选择拐弯，
心不快时，选择看淡；
情渐远时，选择随意。

人生如行路，一路艰辛一路风景。

心态，决定一切，心态好，一切才好，心态差，万事艰难。

心态是什么？
心态是对待事情的态度，心态是面对万事的反应，
心态是一种承受能力，也是一份素质修养。

心态好的人，面对失败不消极，遇到困难不抱怨，
乐观向上，积极热情，永远充满活力。

心语·新语

心态差的人，一点小事就烦恼，遭遇打击就消沉，
没有自信，底气不足，永远哀愁抑郁。

难得糊涂，是一种境界，忍耐心中不快，承受世间冷暖。

知足常乐，是一种悟性，看淡世间繁华，看透人情冷暖。

糊涂是，耳朵里不听长短，眼睛里不看是非。

知足是，心里面不嫉妒，平日里不愤怒。

糊涂是，不该说的话不说，不想听的话不听。

知足是，看淡万事不争不抢，看淡名利无欲无求。

糊涂是，以退为进，远离是非，怡然自得。

知足是，心胸开阔，忘掉烦恼，珍惜拥有。

难得糊涂，知足常乐！

别把自己太当回事，在匆匆人生行程中，
你只不过是一个过客。

不把自己看得太重，是一种修养，一种风度，
一种高尚的境界，一种达观的处世姿态。

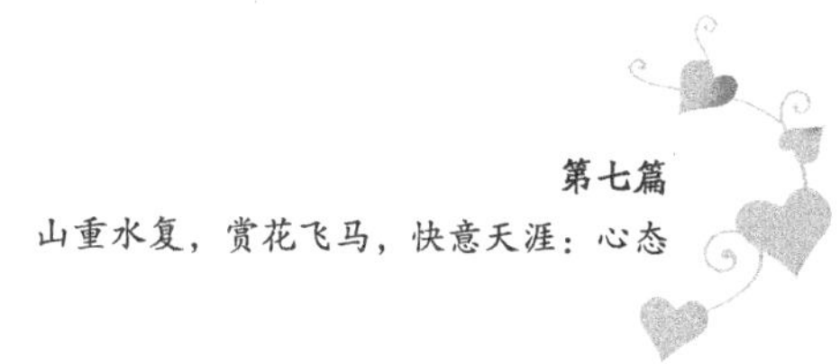

不把自己看得太重，是心态上的一种成熟，
是心志上的一种淡泊，用这种心态做人，
可以使自己健康，更大度；
用这种心态做事，可以使生活更轻松，更踏实；
用这种心态处世，可以让身边的人更喜欢与你相处。

人生最重要的两件事：一是健康，二是心态。

如果说人生是一棵树，健康就是这棵树的根，根深才会叶茂。

没有健康的身体，荣华富贵皆是云烟；第二就是心态。

境由心生，相由心造。

只有修炼一颗淡泊宁静的心，人生才会风清月明。

健康需要锻炼，心态需要修炼。

活得心态好，岁月永不老。

南怀瑾说：“三千年读史，不外功名利禄；
九万里悟道，终归诗酒田园。

心语·新语

人活到极致，是简单朴素。

不追求奢华，不渴求名利，看一朵花开，品一盏清茶，
望一望云淡风轻的天，从从容容地过余生。

不求大富大贵，但求平淡安稳。

灵魂没有维度，家庭不是束缚，工作不是全部，
抽出时间，做喜欢的事，陪终老的人。

看庭前花开花落，观天上云卷云舒。

心态平和，眼里能看到美好，耳中能听到快乐，心里能感受幸福。

豁然大度，能接纳所有的不完美，
能看淡所有的不如意，能放下所有的不顺心。

一昧地抱怨，折磨的是自己；整日地叹气，影响的是心情。

没有不快乐的事，只有不快乐的心。

乐观不悲哀，大度不计较，放下且释怀。

保持从容心态，不争不气不算计，才能过好一生；
保持坦荡胸怀，不恨不怒不抱怨，才能幸福一世。

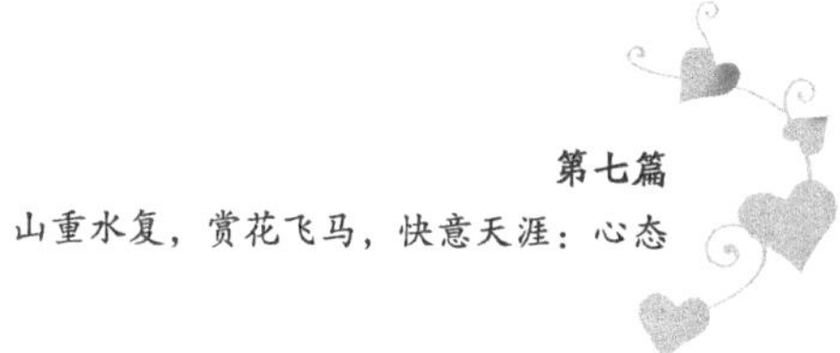

聪明的人，总是在寻找好心情；
成功的人，总是在保持好心情；
幸福的人，总在享受好心情。

如果不懂，就说出来；如果懂了，笑笑即可。

追求，就会有失望；活着，就会有烦恼。

该来的自然来，会走的留不住。

放弃不一定是六月飞雪，也不是优柔寡断，
更不是偃旗息鼓，而是一种拾级而上的从容淡然。

最能温暖人心的，是感情；最能刺痛人心的，还是感情。

得失，要看淡。

人生是盘棋，输赢不定。

人生是场戏，哭笑不得。

少计较，开心真的不难；少纠结，幸福就在身边。

过往，要放下。

过往，是道坎，跨过了，放下了，一切都会好；
成长，是片景，努力了，拼命了，总会有希望。

余生不长，想开看淡、不自怜、不自欺；
随心随缘、有成长、有期待。

以前发个脾气，牛都拉不回来。

如今生个气，转眼就觉得没有必要。

时间渐渐磨去了年少轻狂，也渐渐沉淀了冷暖自知。

最初我们揣着糊涂装明白，后来我们揣着明白装糊涂。

有些事看得很清，却不明说；
有些人了解很深，却不挑明。

人到中年，渐渐地悟透了一些东西。

城府感悟，宁可平庸，也不沽名钓誉。

宁可自信，也不要盲目悲观。

世上没有不想快乐的人，只有不肯让自己快乐的心。

谁不是一边受伤，一边成长。

谁不是一面流泪，一面坚强。

人生说到底，百般的滋味要自己尝；
难言的苦痛要自己扛；再大的风雨要自己挡。

以爱之心做事，以诚之情做人，
有钱，把事做好，没钱，把人做好，这就是人生。

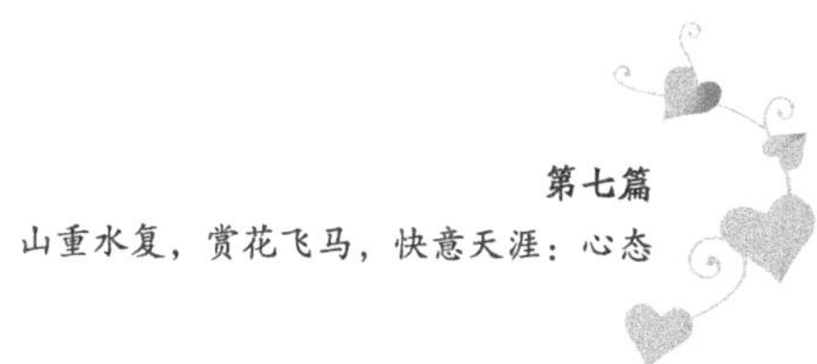

不摔一跤，不知道谁会扶你；不摊一事，不知道谁会帮你。

雪中送炭永远比锦上添花，更厚重更值得珍惜。

感谢与我同行且真诚待我的人。

想不通的事别想，走不通的路别走，
留不住的人别留，得不到的情别求。

适时放手是一种智慧，懂得止损是一种境界。

人生如游戏，坎要自己跨，路要自己走，
钱要自己赚，累要自己受，疼要自己忍。

有人帮，有人懂，是幸运；没人助，没人惜，是常态。

世界很大，别以为你有多重要；
人如尘埃，别以为你有多独特。

放平心态找准位置，适度期待随心随缘。

最宽的是人心。

最窄的也是人心。

心宽，路就宽，处处充满生机；心窄，路就窄，天天都是阴霾。

让我们心大的，是宽容；让我们心小的，是计较。

这个世界上，宽容，让我们变得坦诚；
计较，使我们变得胸闷。

人生本来就不易，生命本来就不长，
何必用无谓的烦恼，作践自己，伤害岁月？
珍惜身边的幸福，欣赏自己的拥有。

别奢望人人都懂你，别要求事事都如意。

苦累中，懂得安慰自己；牵绊中，学会放下自己。

没人心疼，也要坚强；
没人鼓掌，也要飞翔；没人欣赏，也要芬芳。

生活没有模板，需要心灯一盏。

烦时，找找乐，别丢了幸福；
忙时，偷偷闲，别丢了健康；
累时，停停手，别丢了快乐。

人是活给自己看的。

事情看淡了，就会简单；感情看淡了，就会释怀。

缘分看淡了，不悲聚散；是非看淡了，计较变浅。

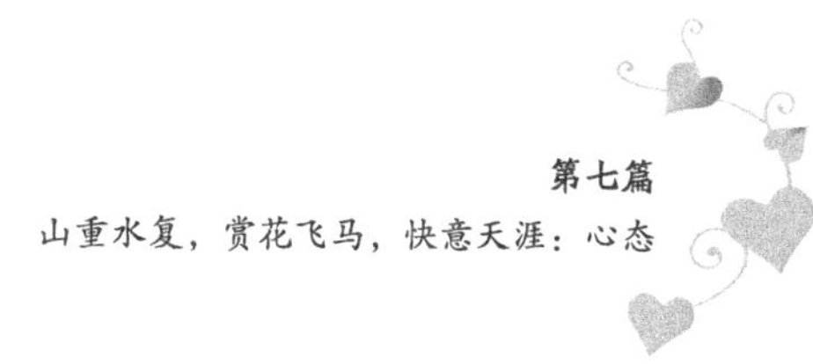

成败看淡了，顺心自然；得失看淡了，自在坦然。

生活如何，要看我们有怎样的心态，活着就应该快乐。

走过、经过、尝过，还是平淡最美；
听过、看过、想过，还是简单最好；
争过、拼过、做过，只要无憾就好。

人生没必要叹息，悲欢离合才是自然，
让心地清澈明了，向所有过往道一声珍重。

痛苦缘于计较，烦恼皆由心生。

心中有，便有；心中无，便静。

智慧的人，不徘徊在过去；
豁达的人，不忧患于未来；
聪明的人，懂得把握现在。

把心放平，一切会风平浪静；
把心放正，一切会一帆风顺；
把心放下，一切会淡然平静。

若不执着于比较，快乐自然而来；
若不固执于计较，痛苦自然远离。

生气，不如争气。

愚蠢的人只会生气，聪明的人，争气而不生气。

人生在世，是为了快乐喜悦而来的，
不是为了生气烦恼而来的。

生气，伤身又伤心，伤人又伤己，学着莫生气，
用志气、和气、才气、大气、福气来化解这些消极的气，
人生便会豁然开朗。

每个人都只有短短的一生，为什么不活得快乐、潇洒一点呢？
人生不是用来生气的，遇到不如意的事，
一笑而过，开心地过好每一天，才是人生唯一的目的。

人只有想开，才能消除疲惫；人只有看开，才能活得轻松。

路走不通时，换一条路走；事想不通时，换个角度想。

求而不得时，转身就放下；爱而不能时，勇敢说放手。

生活不能事事如愿，感情不能敷衍强求。

该珍惜的，别忽略；该放弃的，别惦记。

路走对了，就不会觉得苦了；心态放正了，就不觉得累了。

余生，放下过去，随缘而定，随遇而安，随心而往。

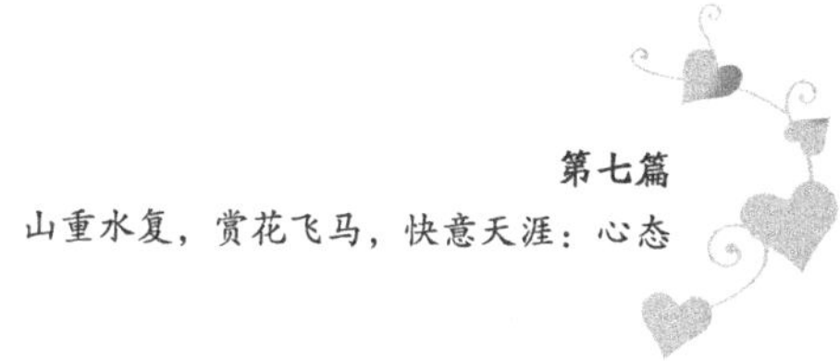

不为往事扰，只为余生笑。

过去的不再留恋，未来的不过忧虑。

世上本无事，庸人自扰之。

过去的，别再遗憾；未来的，无须忧虑；现在的，加倍珍惜。

为一件事栽了跟斗，自会在另一件事上尝到甜头；
为一个人流了眼泪，自有另一个人逗你欢笑。

快乐与否，取决于计较的多少；伤心与否，取决于在意多少。

机会靠自己争取，命运靠自己掌握。

往事不回首，余生不计较。

只有敢于舍弃，才能拓展生命的高度和厚度；
只有愿意放下，才能品味人生的充实和快乐。

再好的东西也有失去的一天，再深的记忆也有淡忘的一天，
再爱的人也有走远的一天，再美的梦也有苏醒的一天。

没有过不去的事情，只有过不去的心情。

只要愿意走，走过去的都是路；只要心态好，经历的都是景。

幸运没有定律，努力终有回报。

生命的价值，在于被别人需要，就如同金钱的价值在于使用。

人需要有慈悲心，在力所能及的情况下，
尽可能地为别人做点事，哪怕是微不足道的小事，
也是生命价值的体现。

清风不叹遇君迟，空间勤步唱新诗，
闲愁绵绵随春梦，但愿从今共相知！
宽容别人，就是善待自己。

耿耿于怀，只能加深对自己的伤害！

胸怀是委屈撑出来的，烦恼是计较比出来的，
痛苦是比较憋出来的，疾病是恶习造出来的，
心态是经历炼出来的，快乐是知足养出来的，
健康是活动练出来的。

慈悲没有敌人，智慧不起烦恼，
看淡才更自在，放下自然轻松。

说自己该说的话，做自己该做的事，
只要尽力了努力过，剩下的随缘而定，凡事随遇而安。

很多时候，我们都想做一个能与光阴厮守的人，
可飞花逐水，叶落随风，许多风景是留不住的。

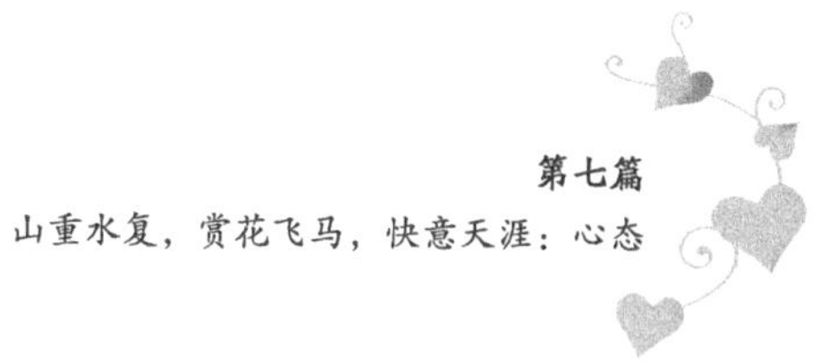

望着镜子里不再年轻的脸，不禁感叹光阴无情。

与岁月相牵，往往只是我们的一厢情愿。

这世上没有什么可以陪你一辈子，最好的岁月，就是现在。

时光不可追，往事不可回，来日不可期。

愿你历尽千帆，不染岁月风尘，把握当下，珍惜美好生活。

很多事无法掌控，很多人无法猜透。

越在意，越悲伤；越计较，越心痛。

要想活得不累，就要学会放下；
要想过得舒坦，就要学会看淡。

看清了，也就看轻了；看透了，也就看淡了。

做人别太精，做事别太傻。

该糊涂的时候糊涂，该清醒的时候清醒，
该沉默的时候沉默。

别在意别人的看法，该放下的要放下；
人生没有第二次，该珍惜的要珍惜；
原谅别人等于放过自己，该宽容的要宽容。

心语·新语

看过许许多多的人，走过沟沟坎坎的路，
终于明白，为了生活，为了家人，
总要咬紧牙关，选择负重前行。

有时候，我们又何尝不是小丑呢？
再大的工作压力，面对亲人和朋友，
我们总是选择若无其事，一个人在孤独的夜里黯然神伤。

有时候，真的是觉得好委屈，好想找个地方大哭一场。

其实真的没关系，想哭就哭出来吧。

擦干眼泪，还是要继续前行。

工作很累，而工作带来的那种成就感，却是独一无二的。

人生两境界，一个知道，一个知足。

知道，让人活得明白；知足，让人活得平淡。

人生不要被安逸控制，决定你成功的，是奋斗；
人生不要被别人控制，决定你命运的，是自己；
人生不要被表象控制，决定你成熟的，是看透。

与其选择抱怨，不如选择释怀。

坚守一份信念，守住一颗初心。

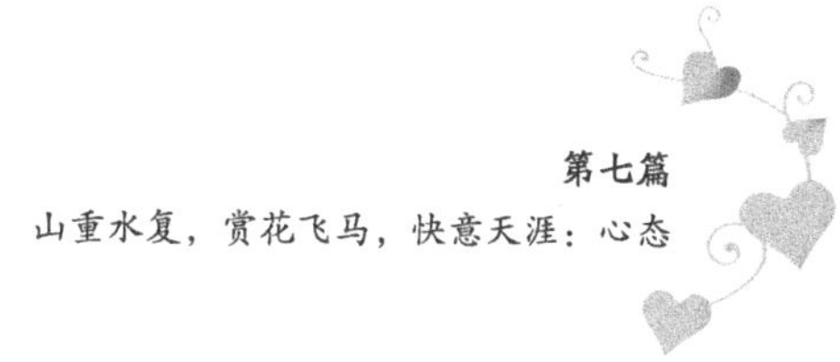

心小了，小事就大了；心大了，大事就小了。

看淡世间沧桑，内心安然无恙。

大其心，容天下之物；虚其心，爱天下之善；
平其心，论天下之事；定其心，应天下之变。

大事难事看担当，逆境顺境看胸襟，
有舍有得看智慧，是成是败看坚持。

不要斤斤计较，时光越来越少；
不要争争吵吵，相处一晃就老；
不要过多抱怨，相遇本来不易；
不要互相拆台，能够相遇是缘；
不要光说不练，真诚相处才真；
不要处处比较，只需超越自己；
不要愁眉苦脸，好好善待自己。

别让生活的压力挤走快乐，顺其自然无视纷争；
要让心境的豁达成为习惯，坦然面对喜怒哀乐。

用心去感受，用诚去珍惜，用爱去珍重！

常常有人抱怨自己不幸福，
其实，所有的苦乐根源是我们的内心。

幸福一直都在，只是有时候我们对幸福视而不见。

一个人最好的生活状态，是该干正事的时候干正事，
该玩的时候尽情玩。

看见优秀的人欣赏，看到落魄的人也不轻视。

有自己的小生活和小情趣，不用去想改变他人，
努力去活出自己，没人爱时专注自己，
有人爱时，有能力拥抱彼此。

无人理睬时，坚定执着；有人羡慕时，心如止水。

拎得清轻重，辩得明是非。

让心随遇而安，是一种境界，只有心静，才有快乐；
让心顺其自然，是一种抉择，只有心宽，才有幸福。

忍让不是笨，而是一种美德；忍让不是傻，而是一种胸怀。

忍让是一种智慧，以屈求伸多条路；
忍让不是亏欠，懂得珍惜多份情。

在家人面前让一让，感情会更稳固；
在朋友面前忍一忍，情谊会更深厚。

忍一忍，春暖花开；让一让，柳暗花明。

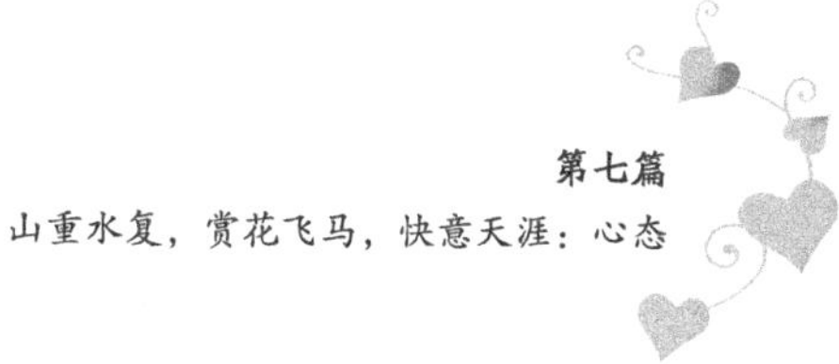

忍让，或许不能给你带来快乐，但是定能帮你化解矛盾。

世界上有两件事情不必去后悔，一是早知道，二是没想到。

早知道的过去，没想到的未来，都难以掌控。

只有把握当下的时光，坦然面对；
才能守住岁月的美好，不负韶华。

余生，善待每一天，珍惜每一天，过好每一天。

把每一天都当成一辈子来过。

享受生命、享受健康、享受快乐、享受幸福！
好好珍惜爱你的和你爱的人，因为，没有下辈子。

说过的话，做过的事，走过的路，遇过的人，都是回忆。

无须缅怀昨天，不必奢望明天，认真过好今天。

说能说的话，做可做的事，走该走的路，见想见的人。

不漠视，笑着脸；不虚度，唱着歌。

脚踏实地，快乐前行。

人生，由我不由天；幸福，由心不由境。

心语·新语

一个转身，夏天就成了故事；一次回眸，秋天变成了风景。

秋还在，冬未来。

别和小人计较，别和家人生气，别和自己较劲。

别让心情忧郁，别让破事闹心。

活一天，就要开心一天；过一天，就要舒服一天。

清空自己，让心归零；忘掉烦恼，微笑前行。

世间万物，有舍有得。

悟透名利，收获淡然；放弃杂念，收获坦荡；
放下恩怨，收获快乐；看淡过去，收获成长。

把烦恼踩在脚下，把明媚装在心中。

凡事看淡，不计较，不苛求。

忍得住敷衍伪装，受得起大起大落，放得下大悲大喜。

再苦也要微笑，再难也要歌唱。

悟透是一种智慧，看淡是一种财富，放弃是一种收获。

手抓得紧，疲惫就多；心放得宽，快乐就多。

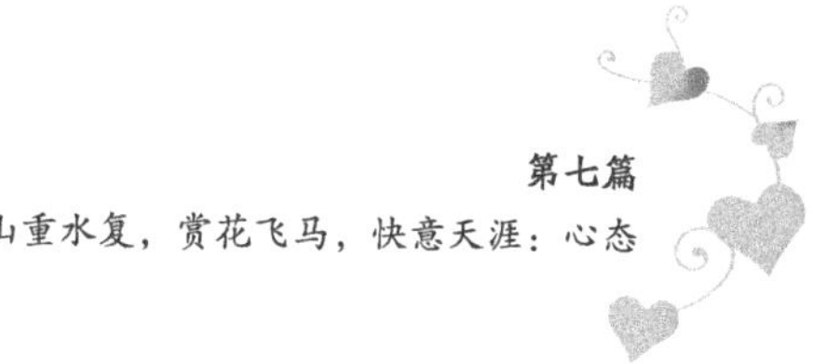

过去是用来回忆的，别深陷在昨天的阴影中；
今天是用来努力的，别迷惘在明天的幻想中。

不要期望所有人懂你，不要试图弄懂所有人。

聚散离合是人生的规律，不必在意，何须伤悲。

抬头需要底气，弯腰需要勇气。

生存空间有限，懂得适者生存。

一味高昂着头，容易碰得头破血流；
适时地弯下腰，才是人生智慧。

有些事弄不懂，就不去懂；有些人猜不透，就不去猜；
有些理想不通，就不去想。

不指责，不抱怨，给自己一份乐观，给自己一份平和；
不苛求，不奢望，给自己一份淡然，给自己一份宁静；
不计较，不比较，给自己一份情怀，给自己一份快乐。

不羡慕别人辉煌，不喟叹世态炎凉。

用自信的脚步，坚定自己的选择；
用平常的心态，经营通透的生活。

心语·新语

跟随内心，别让自己活得太累。

做自己想做的事，交自己想交的人。

想开，不强求；看淡，不计较。

放松自己，给疲惫的心灵解解压；
寻找宣泄，给经历的浮华松松绑。

人之所迷，因在局内；人之所悟，因在局外。

记住快乐的事，忘记悲伤的事。

人生短暂，生命无常。

不要挥霍宝贵的时间，不要践踏健康的身体。

那些得不到的，就不要；所有已失去的，全忘掉。

放下负累，轻松前行，过好自己的日子；
看淡所有，珍惜拥有，守好自己的幸福。

再烦，也别忘微笑；再苦，也别忘坚持；再累，也别忘惜己。

生活，有苦也有乐，有喜也有悲，有得也有失。

要拿得起，也要放得下。

心态好，生活才会简单；放得下，人生才会快乐。

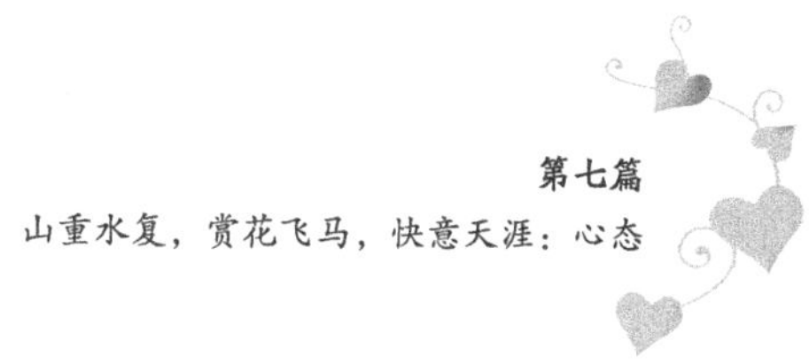

拿得起，放得下，知足常乐，才是赢家。

人之幸福，是不比较；人之快乐，是不计较；
人之知足，是不攀比；人之感动，是有真情。

看淡名利，不与他人攀比；看淡得失，不与他人计较。

淡泊宁静，通透人生。

昨天很重要，它构建了我们的记忆；
明天很重要，它让我们有了憧憬和梦想。

但最重要的，还是今天，是我们今天要做的一切。

人生苦短，我们要告诉自己：
怀着积极的心态过好每一个今天；
学会给心灵疗伤，不要躲藏在昨天的阴影中；
做该做的事，明天自然会来！

事，看透了伤神；人，看穿了伤心。

究人过，不如念人恩；念人错，不如想人好。

人生，哪能事事如意；生活，哪能样样顺心。

很多人，都不被我们认同；很多事，都不由我们做主。

看淡，才能快乐；放下，才会幸福。

只要努力，就有希望；只要尽力，余生无憾。

如果开心，就笑一笑；如果疲倦，就歇一歇。

活着，要的就是一份自在和洒脱；走着，要的是一种情怀和真情。

走得太急，脚累；想得太多，心累。

要求太高，难免会失落；追求太多，难免会失望。

留不住的，就随缘随喜；得不到的，就一笑而过；
躲不开的，就勇往直前。

坎坎坷坷人生路，坦坦然然随缘行。

坚强一些，勇敢一些，生命之花更加美丽。

在这个世界上，没有一份工作是十全十美的。

医生有医生的难处，老师有老师的痛苦，
老板有老板的难处，职员有职员的痛苦，
行行有本难念的经。

不要总觉得自己的工作又委屈又无趣，看不到希望。

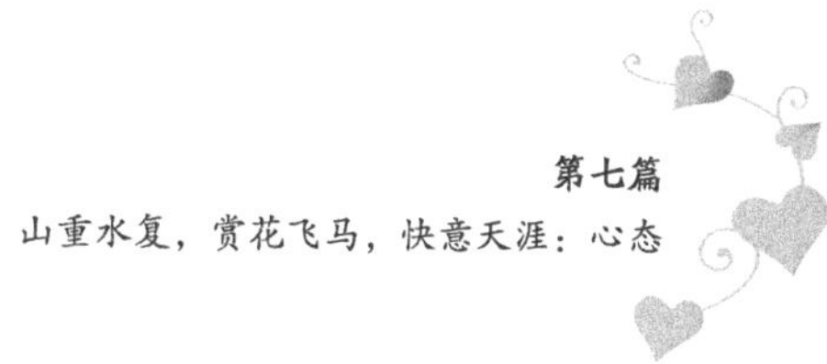

你要明白，无论何时何地，
从来不缺为了生活而劳碌奔波的人，
总有人会比你更苦更累。

愿所有的坚持，换来的都是繁花似锦；
愿所有的苦难，换来的都是海阔天空。

你若爱万物，万物必将爱你，这就是魅力；
你不害万物，万物必不害你，这就是平安；
你珍惜万物，万物必珍惜你，这就是长寿；
你施恩万物，万物必施恩你，这就是幸福；
你心怀万物，万物必归属你，这就是财富；
你敬重万物，万物必敬重你，这就是尊贵；
你拯救万物，万物必拯救你，这就是吉祥；
万物本无情，因人有情而生情；
万物如有情，若人无情也绝情。

人到中年，说该说的话，做该做的事。

三不管：不管闲事，不管情事，不管家事。

四不说：不说假话，不说胡话，不说狂话，不说怨话。

五不帮：
不帮涉及钱财的忙，不帮不被感激的忙，
不帮超出底线的忙，不帮帮不到的忙，

不帮不了解真相的忙。

世态人生，可作书读，可当戏看。

命运给你机遇，就要好好把握；
命运给你好运，就要欣然接受；
命运给你幸福，就要拱手笑纳；
命运给你痛苦，就要承受面对；
命运给你灾难，就要勇敢承担。

别太在意别人的眼光，因为你不是明星，没有那么多的观众；
别太在意别人的评价，因为你不是政要，没有那么多的关注度。

唱好自己的戏，走好人生的路。

坦荡为人，问心无愧。

生命，只有一次；人心，只有一颗。

很多时候，我们之所以活得累，都是因为想得太多。

一件好事，想多了，容易成为负担，心受累；
一件坏事，想多了，辗转难眠，苦恼多。

想得太多，让原本清醒的思路，变得混乱不堪；
想得太多，让原本简单的事情，变得无比复杂。

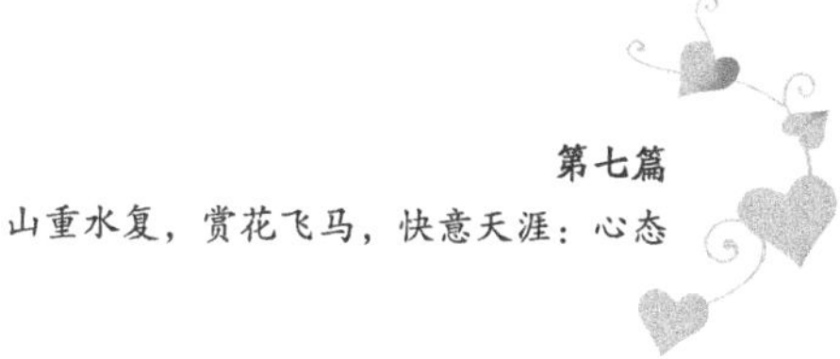

想得太多，是一种折磨，甚至是一种灾难，会慢慢毁掉自己。

要相信，这个世上没有过不去的坎，没有熬不过的难，
总有一天，会得到满意的答案！

做人，不要去怪任何人，好的人给你快乐，
坏的人让你成长，关心你的人给你温暖，
伤害你的人给你经历。

感恩所有的遇见，一切都是最好的安排。

怪别人，抱怨别人，只会增加自己的怨气，让自己心累。

人，不经一事，不长一智。

只有经历过，才不会那么害怕，
只有独立过，才不会那么脆弱。

吃亏，未必是祸，犯傻，未必是错，
每次经历都会给我们带来不一样的收获。

人不伤，不成长，心不痛，不坚强，
只有经历是是非非，体验过风风雨雨的人，
才会变得更加出类拔萃。

心语·新语

心是一块田，快乐自己种。

心若放宽，处处都是阳光；心若计较，处处都是乌云。

人生百年，转瞬即逝，心宽似海，风平浪静。

何必事事执着，何必天天抱怨，何必时时惆怅。

生活，不会因你的抱怨而变化；
人生，不会因你的惆怅而改变；
日子，不会因你的执着而变好。

抱怨多了，烦的是自己；惆怅多了，苦的是自己；
计较多了，累的是自己。

不愿意做的事情，不要勉强自己；
不愿意处的关系，趁早断了联系；
不愿意待的环境，及时抽身而退。

不卑不亢，不委屈不亏欠。

无须刻意迎合谁，无须刻意将就谁。

在自己的角落里散发着自己的光芒，
在自己的朋友圈抒写着自己的人生。

珍爱自己的生命，关照自己的感受，活出自己的幸福。

不委屈自己，才能活得轻松自在；

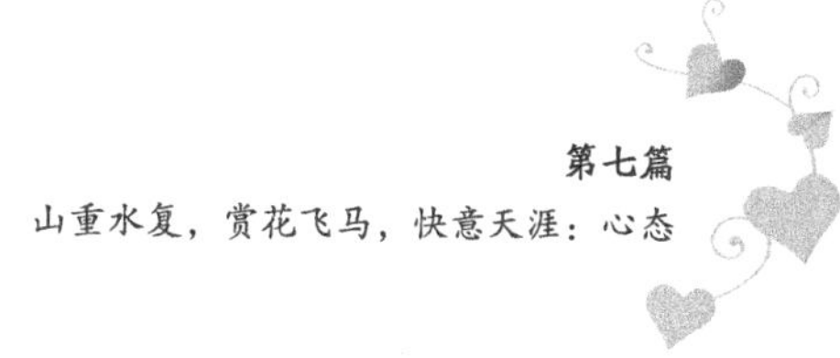

不亏欠别人，才能活得踏实安稳。

能开开心心，就别愁眉苦脸；能看淡放下，就别耿耿于怀。

做好自己的人，走好脚下的路。

该来的会来，要走的会走。

一切顺其自然，所有随遇而安。

人生不过三万天，别活得太悲哀。

身后无骂名，心里无愧疚，就是一个人的高贵；
坦坦荡荡做人，干干净净做事，就是一个人的格局。

走过的路，才知道有短有长；
经过的事，才知道有悲有欢；
品过的人，才知道有真有假。

看懂一件事，你就长大了。

看清一件事，你就开窍了。

看破一件事，你就理性了。

看透一件事，你就成熟了。

心语·新语

看穿一件事，你就超脱了。

看淡一件事，你就放下了。

看明一件事，你就聪明了。

看好一件事，你就成功了。

人生有尺，做人有度，不求生命辉煌，但求无悔人生。

时光如梭，善待自己。

寒冷的天，要记得多穿；忙碌的晨，要吃点早餐。

别熬夜太晚，少了睡眠；别压抑心烦，没了灿烂。

缘聚缘散，学会随缘；钱多钱少，学会看淡。

一辈子不长，要善待亲朋，
因为下辈子不会遇见，这辈子要好好陪伴。

能信你的人，别欺骗；能疼你的人，别冷淡；
能帮你的人，要感恩。

有话好好说，别争争吵吵；有事慢慢聊，别勾心斗角。

做真实的自己，最舒坦；做独特的自己，最值钱。

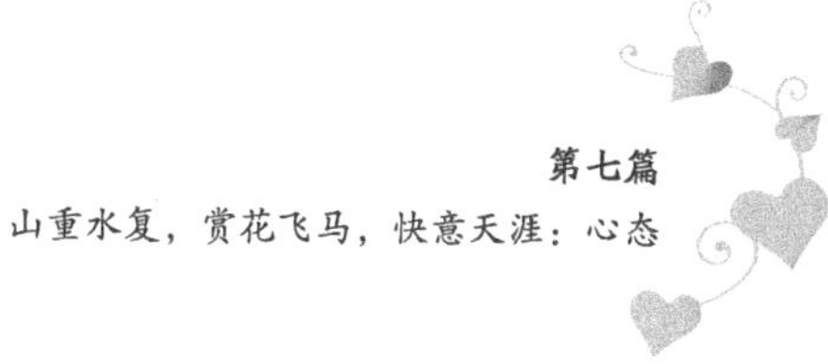

生活中，清闲是福气。
然而，太清闲不一定是福气，说不定是灾难。

一个人，清闲久了，才会知道，闲得发慌多可怕，
闲得无聊多遭罪，闲得寂寞多空虚。

因为太清闲，就会有很多的时间去胡思乱想，
去患得患失，去纠结不清，
在剪不断、理还乱的莫名情绪里迷失自己。

心态决定眼界，眼界决定世界。

想要将世界看得更清楚，就装上透明的玻璃，
让心灵保持纯净；
想要把世界看得更完整，就设计宽大的门窗，
让心胸变得宽广；
想要内心欢乐一些，就擦亮灰暗的窗户；
想要人生幸福一些，就远离尘世的繁杂。

人活一世，有人喜欢你，有人厌倦你；
有人欣赏你，有人看轻你。

流言蜚语也好，议论纷纷也罢，只要不输给诚信，
只要不辜负人心。

活得快乐最重要，活得舒心最珍贵。

心语·新语

别因不懂感恩的人，少了微笑；
别为鸡毛蒜皮的事，添了烦恼。

缺什么，也别缺心眼；忘什么，也别忘知足；
没什么，也别没快乐。

生命宝贵，别浪费；人生短暂，要珍惜。

简单过好每一天，有滋有味；
认真过好每一年，无怨无悔；
幸福过好这一生，顺其自然。

人这一辈子，说来容易，听来简单，做起来很难。

要明白苦才是人生，累才是工作，
忍才是历练，做才是拥有。

人生就是那个让你把苦水吞进去，
把泪水憋回去，把汗水抹下去，
教你如何为人处事的最严厉最残酷的老师。

当你以宽恕之心向后看，以希望之心向前看，
以同情之心向下看，以感激之心向上看时，
你就站在了灵魂的最高处。

每个人的站位高度不同，胸怀和格局也就会大不一样。

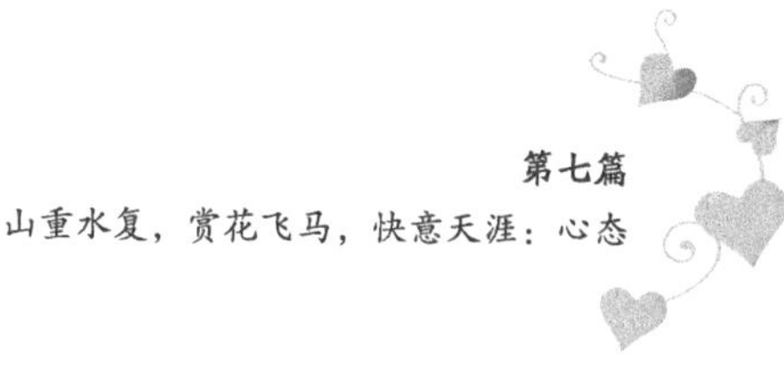

我们忙了一辈子，到最后就会发现，
从自己身上找问题，什么事一想都能通。

成长是要付出代价的，因为成长永远包含着冒险，
包含着面对未知的大胆尝试，
包含着对个人极限的挑战，
只有不断地成长，最终才能获得成功。

真正的幸福，不是我们拥有的富贵权势，
而是懂得付出和分享！

很多事看淡了，就不再事事较真；
很多人放下了，就不再耿耿于怀。

别人的议论，不在意；别人的眼光，不在乎。

别为钱财累坏身体，只为健康保持愉快。

糊涂一点，不较真；潇洒一点，不委屈；
大度一点，不生气。

看淡世事，过轻松的人生；忘记年龄，做最好的自己。

人之所以烦恼，在于计较；人之所以心累，在于纠结；
人之所以前行，在于感恩；人之所以快乐，在于豁达；
人之所以成熟，在于经历；人之所以放弃，在于选择；

心语·新语

人之所以宽容，在于理解；人之所以充实，在于放下；
人之所以成功，在于勤奋；人之所以幸福，在于知足。

吉祥三宝：

天有三宝：日，月，星。

地有三宝：水，火，土。

厨房三宝，姜，葱，蒜，人有三宝：精，气，神。

成功有三宝：天时、地利、人和。

说话有三宝：请、谢谢、对不起。

处世有三宝：谦虚、礼让、赞美。

修养有三宝：淡定、仁慈、自省。

家庭有三宝：和谐、互爱、温暖。

人心有三宝：真实、善良、宽容。

处事有三宝：认真，负责、担当。

快乐有三宝：多笑、知足、感恩。

健康有三宝：清洁，能吃，能睡。

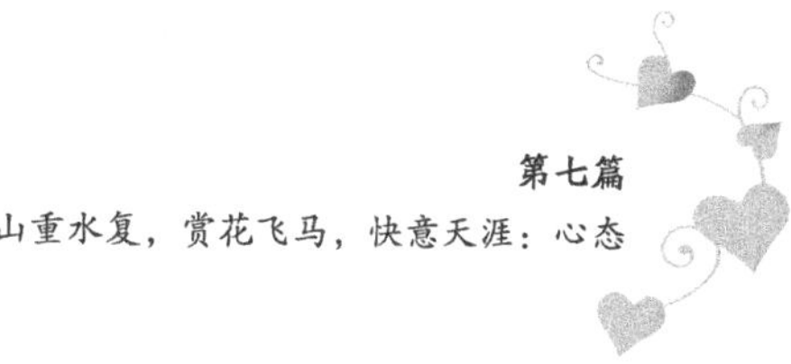

新的一年，感恩知足，别让昨日的包袱，影响了明日的征程。

别让曾经的负担，影响了未来的灿烂。

那些看不透的人心，咱不看；
那些听不懂的声音，咱不听；
那些弄不明的感情，咱不想。

新的一年，还要风尘仆仆，还要忙忙碌碌，
还要平凡做人，我们还要只争朝夕，
不负韶华，用汗水浇灌收获，以实干笃定前行。

携一颗从容淡泊的心，走过山重水复的流年；
带一颗宽容善良的心，笑看风尘起落的人间。

看一场烟雨，从开始到结束；
看一只蝴蝶，从蚕蛹到破茧；
看一树的蓓蕾，从绽放到落英。

不为诗意，不为风雅，不为禅定，
只为将日子过得淡定、化繁为简。

随遇而安，会少一些失去；随缘而定，会多一些如意。

第八篇

千山雪里，寒育松梅：磨难

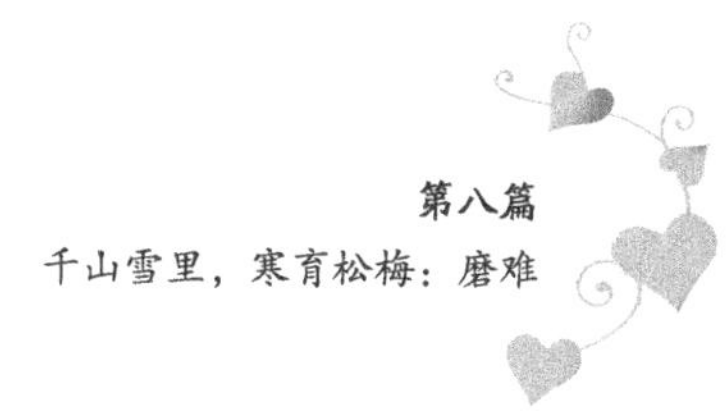

烦恼会伤人，你若转身，它即浮云。

没必要在意生活的恩恩怨怨，没必苦恼偶尔的艰难不堪。

人生四句话：
活着就是胜利，挣钱只是游戏，
健康才是目的，快乐才是真谛。

人活着，不累是木头，不痛是砖头，不苦是石头。

苦和累，本来就是生活的主色调，
每个人能都有自己的烦恼，都有自己的难处。

累是正常的，说明你有追求，有理想，正在努力奋斗着。

一次次的跌倒，并没有磨灭你的意志，
反而让你不断超越自己，勇往直前。

不是人生选择了你，而是你选择了人生，
既然选定了目标，那就努力地活出自己的精彩吧。

岁月结茧，往事如风，几经辗转，沧桑淡定。

人到中年，眼中有天地，
心中无是非，心宽犹似海，温暖如朝阳。

凡事不强求，遇事不刻意，顺其自然，随遇而安。

慌乱的时候，镇定自若；忧愁的时候，从容自如；
艰难的时候，顽强拼搏；胜利的时候，沉稳谦和。

经得起人生的大风大浪，经得起生活的大起大落。

人生的困境，有时是自己编织出来的蜘蛛网。

人生的绝境，往往也都是你内心创造出来的假象。

其实，生命里那些让你过不去的境遇，
都是未来让你成长蜕变的养分。

生活给予我们的艰难，不是让人纠缠其中，
而是一次成长的机会，学会举重若轻，
将曾经无法释怀的那些过往统统放下。

如果你是一只雄鹰，就不要在乎麻雀怎么看你。

因为雄鹰飞行的速度、高度、力度，麻雀看不见也看不懂。

你不能控制他人，但你可以控制自己；
你不能左右天气，但你可以改变心态。

与其将时间浪费在成天愁眉不展的事上，
倒不如专心走好自己的既定路线。

人生，很多事我们无法掌控，
很多情我们无法挽留，很多人我们琢磨不透。

太纠结，心烦；太计较了，心累。

如果可以看淡，就不会心烦意乱；
如果可以放下，就不会难过心寒。

要接纳所有的不完美，不在乎得失；
要谅解所有的不容易，不记仇动怒。

不赌天意，不猜人心；顺其自然，随遇而安！

活着，没有人不累，肩上的责任要担，
眼角的泪水要忍，心中的酸楚要藏，
上有老人要赡养，下有子女要抚养。

每一个成功的人，付出的汗水数不清，
背后的艰难无人懂，表面风轻云淡，
心中伤痕累累，看似风光无限，其实憔悴不堪，
一边咬牙硬撑，一边绽放笑容。

我们都是成人，知道责任大于一切，明白如何负重前行。

再累，也不能认输，再苦，也不能放弃，不累，
如何获得硕果，不苦，如何靠近幸福。

人的一生，往往失意的时候多，得意的时候少，
无论失意还是得意，都要淡定。

失意的时候要坦然，得意的时候要淡然。

如果说挫折是生命的财富，那么创伤就是前进的动力。

谁的人生也不会一帆风顺，
如能以淡然的心态去面对暂时的失败，
成功也只是时间问题。

人生的许多无奈，需要以平常的心态正确对待，
才能从困惑中挣脱出来。

生命太短，岁月很长，活着，并快乐着，才是幸福所向。

勇敢的人不是不害怕，而是战胜了害怕继续前行，
闪亮的人生不是未经黑暗，而是在黑暗中也努力燃起了一道光。

在跌倒时试着依靠自己的力量爬起来，
度过了寒冬，一定会迎来春光无限。

有时候，心里憋屈，找不到人诉苦，又不敢放声哭。

有时候，心里难过，没有人安慰，一个人去面对。

有时候，想喝得酩酊大醉，借着醉酒，好好发泄一回，

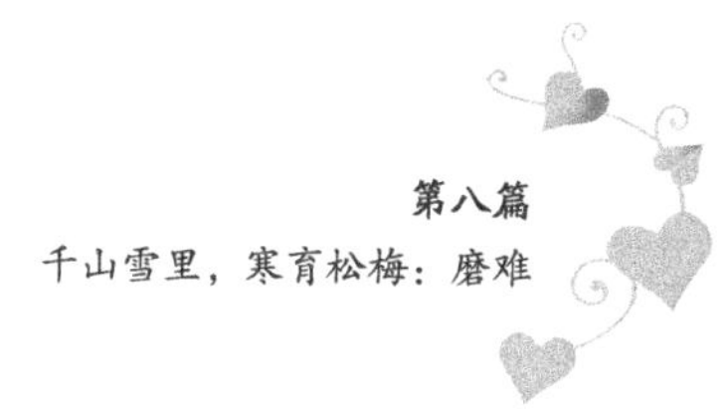

让强忍已久的泪水流淌，让压抑太多的委屈释放。

成年人的世界里，没有谁比谁容易。

隐藏的心酸，自己体会，所受的委屈，自己安慰。

一个人再苦再累，也能活成最好的姿态，憋屈算什么，
委屈怕什么，在时间面前，一切终将释怀。

生活从来不会亏欠谁，它在此处布下一块阴影，
也会在不远处为你准备一片阳光。

世界很大，人生很短，不要蜷缩在一小块阴影里无法自拔。

学着以积极的态度迎接一切，才能发现生活中的更多美好和善意。

没有苦难，容易骄傲；没有挫折，难有喜悦；
没有沧桑，不懂善良。

生活不总是那么圆满，四季不总是只有春天。

人生旅途，总是经历沟沟与坎坎，
总要品尝苦涩与无奈，总会遇到挫折与失意。

少说空话，多做工作，扎扎实实，埋头苦干。

谦逊基于力量，傲慢源于无知。

心语·新语

心情不好就少听悲伤的歌，肚子饿了就多吃健康的食，
倘若怕黑就打开明亮的灯，想要购物就速赚干净的钱。

即使生活给了你百般阻挠，也没必要用矫情放大自己的不容易。

现实虽然残酷，也别假装无辜。

变不了的事就别太在意，留不住的人就学会放弃，
受了伤的心就尽力自愈。

除了生死，都是小事，别为难自己。

当你去追逐梦想的时候，
这纷繁复杂的世界会制造很多困难来阻挡你，
现实也会捆住你的脚步，但这些都不重要。

没有一件事情可以一下子把你打倒，
也不会有一件事情可以让你一步登天，
慢慢走，慢慢看，生命是一个慢慢累积的过程。

谁都会有无为无助的时候，会有难言的委屈，
无奈的埋怨，无休止的抱怨，不平衡的心理。

但终究会清香飘逸，芬芳四溢，沁人心脾。

因为生活是美好的，人心是向善的。

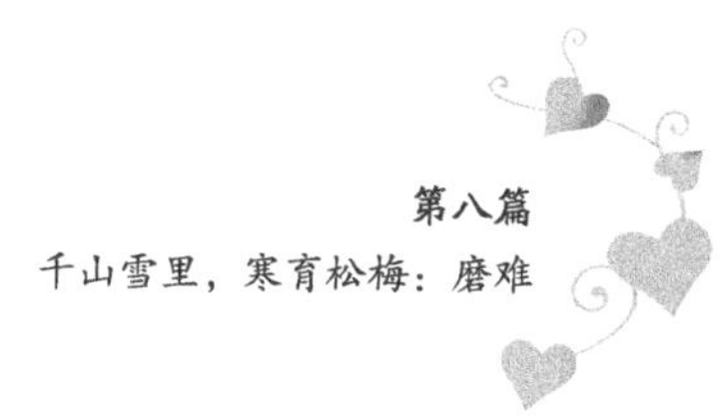

只是有我们因为太多的欲望，盲目的追求，
痛苦才会越来越多，就会忽视了身边的快乐和感动，
忽视了生活的甜蜜和幸福。

生活绚丽，或明媚，或暗淡；
生活不易，可能会苦一阵子，但不会苦一辈子。

再富有的人，也有烦恼；再幸福的人，也有忧伤。

没有人事事如意，没有谁样样顺心。

学会知足，就是幸福；不争不抢，就是快乐。

不和别人比，好好活自己。

天上下雨地上滑，自己滑倒自己爬；
高山险阻不要怕，自己的困难自己扛。

把困苦的生活活出诗意是强人，
把薄情的世界活出深情是智者！
不努力谁也给不了你想要的生活，
因为这个世界从来不缺看热闹的人。

在逆境中看到希望，快乐便是一种心情；
在磨难中感悟快乐，快乐便是一种宽容；
在平凡中发现快乐，快乐便是一种涵养；

在曲折中找寻快乐，快乐便是一种气质；
在艰辛中品味快乐，快乐便是一种风度。

心存美好，则无可恼之事；心存善良，则无可恨之人。

每个人都可能会碰到特别难熬的阶段，
或长或短，让你感到绝望，看不到光明。

有些苦，可以挂在脸上让人知晓；
有些痛，只能埋在心底独自承受。

有时，刻在心上的痛远比写在脸上的更痛苦，
因为它损伤了你的精神。

因此，沉溺于抱怨、牢骚满腹是没有一点用的，
难过烦恼更加无济于事，倒不如收拾收拾心情，
抖擞抖擞精神，昂首挺胸面对。

当你内心强大了，一切就会柳暗花明。

人生的悲苦，不是拥有太少，而是欲望过多。

拥有再多，若感觉不到，便是虚设。

知足者，心悦于当下的拥有，拥有虽少，却样样实在。

看一个人，不是在别人眼里有多光彩，

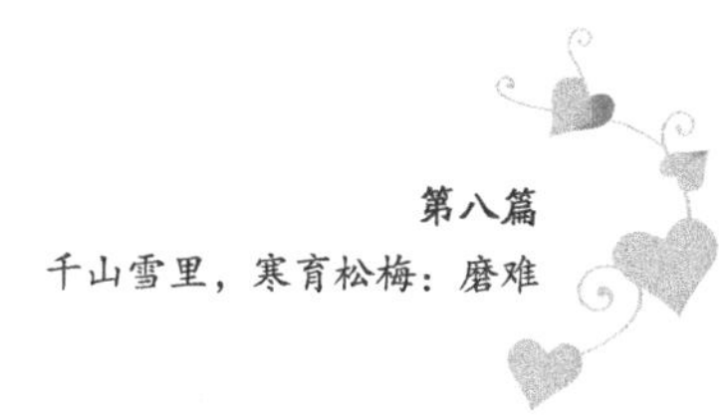

而是当你努力成为自己喜欢的模样后，
依然是一个有价值的人，一个可以带来正能量的人，
于人于己，都散发着由内而外的人格魅力。

你若是光，无人可挡；余生还长，
愿你柔中带刚，不失锋芒；纵有波折，终有无恙。

人生，有平坦有曲折，有风光有落魄，
有欢笑有痛苦，有悲伤有幸福。

如果太过在意，就不自在；如果总是计较，就不快乐。

很多事，看淡便无事；很多人，放下便是福。

心如容器，装得越满越沉重，承载越多越难受。

不斤斤计较，能看淡虚荣；不处处比较，能放下名利。

放下仇怨，能远离麻烦；看淡诱惑，会少了祸端。

心胸狭窄，会看重利益，在乎自己；
心胸开阔，会懂得付出，不多计较。

心宽一尺，路宽一丈；心让一步，福近一步。

心若计较，易生怨气；心若放宽，笑容满面。

路宽不如心宽，命好不如心好。

心语·新语

有些人总想行云流水过此一生，到头来却是风波四起浪难平。

有的人，纵是经历沧海桑田也会心地坦然；
有的人，遭遇一点波折就会叫苦不迭。

命运给每个人同等的机会，
而如何选择自己的路径、历练自己的生活、
修炼自己的情感，则在于自己的心性。

路需要我们用心去开拓，
信心满满地走出属于自己的那一条路吧！

做人，身上有推不掉的责任，心里有说不出的委屈，
肩上有卸不下的压力，手里有忙不完的工作。

经历过艰难，流下过汗水，体会过心酸，咽下过苦水。

人生的风雨，总要自己面对，生活的难题，总要自己解决。

该想开的想开，该看淡的看淡，过得愉快，活得自在，
就是快乐的真谛，就是幸福的秘诀。

人这一辈子，总是要向前走的，
岁月的洪流，不会遗忘任何一个人。

就看你，是踉跄地被动而行，还是大步地主动向前。

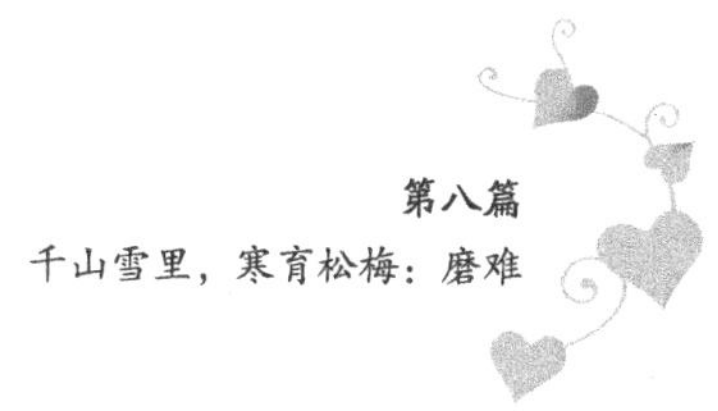

再远的路，走着走着就近了；
再高的山，爬着爬着就低了；
再难的事，做着做着就顺了。

有路，就大胆去走，成功的道路，
不怕有人阻挡，只怕自己投降；
成长的帆，不怕狂风巨浪，只怕自己不强。

生活，有辛酸的泪，有失足的悔，有幽深的怨，有抱憾的恨；
生活，有泪中带笑，有悔中顿悟，有怨中藏喜，有恨中生爱。

冷遇见暖，就有了雨；冬遇见春，有了岁月；
天遇见地，有了永恒；人遇见人，有了生命。

所有的光鲜亮丽，背后都有辛苦付出；
所有的岁月静好，背后都是咬牙坚持。

留得住的不需用力，留不住的不需费力。

来去随缘，强求不得。

率性而行，随遇而安。

人生不如意，十之八九，唯有常怀一颗平常心，
淡然地去面对人生，面对挫折，面对灾难，
才能体会到生活的美好。

春有百花秋有月，夏有凉风冬有雪，
以清净心看世界，以欢喜心过生活，
以平常心生情愫，以柔软心除障碍。

如此，足矣。

余生，愿我们都能看尽世间好风景，
识尽世间有情人，看淡世间纷扰，从容带笑前行。

什么叫正能量？给人希望，给人方向，
给人力量，给人智慧，给人自信，给人快乐。

让我们成为正能量的发光体，照亮自己，温暖他人。

人生路上，每个人都是我们的老师，
遇见善良，学会付出，遇见微笑，
学会分享，遇见坎坷，学会勇敢，
善良的人总是快乐，感恩的人总是富有。

每个人的背后，都有别人体会不到的辛苦；
每个人的心里，都有旁人无法感受的难处。

坚强的外表下，隐藏着不能说的心声；
微笑的表情下，掩饰着不可露的心情。

总把最灿烂的笑容，展示在人前；

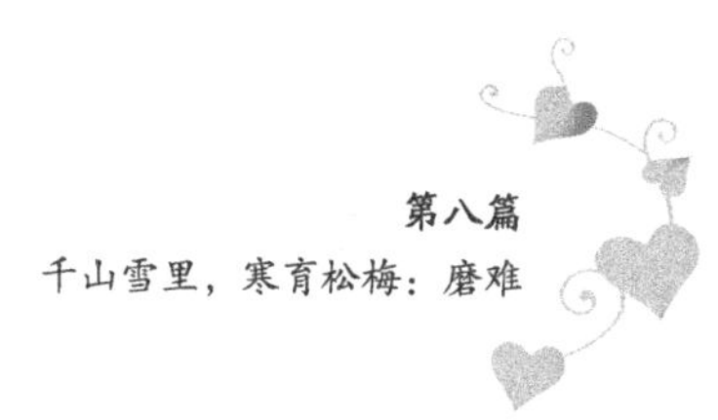

总把最落寞的心痛，掩埋在身后。

时间，带不走真正的朋友；岁月，留不住虚幻的拥有。

痛而不言，笑而不语，迷而不失，惊而不乱。

抛开烦恼，每一天都是开心的；
清理往事，每一天都是崭新的；
放下怨恨，每一天都是幸福的。

快乐四要素：可以改变的去改变，不可改变的去改善，
不能改善的去承担，不能承担的就放下。

沉得住气，弯得下腰，抬得起头。

不抱怨，不去计较；不攀比，不去比较；不生气，不去算计。

只要心态好，生活没有雨天。

总是去忧虑明天的风险，总是抹不去昨天的阴影，
今天的生活不会如意；
总是攀比那些不可攀比的，总是幻想那些不能实现的，
今天的心灵不会安静。

不切实际的幻想，是痛苦之源；
无穷无尽的欲望，是烦恼之根。

人生之旅，感受很重要；生活之情，理解很重要。

合适的鞋，走路才不累；合适的人，心灵才默契。

好好爱惜合脚的鞋，陪你一程，一生不畏惧；
好好珍惜合拍的人，暖你心灵，伴你不孤寂。

人生就像奔流的大海，没有岛屿和暗礁，
就难以激起美丽的浪花。

输了，把失败作为动力。

即使生活有一千个理由让你哭泣，
你也要拿出一万个理由笑对人生。

只有这样才能保持一颗平衡的心，
凭着自己破釜沉舟的斗志风雨兼程，
凭着不屈不挠的豪情勇往直前。

世上的每个人，没有谁不辛苦，笑容满面的人，
未必就没有伤痕。

光鲜体面的人，未必就没有委屈。

成年人的世界里，笑不一定是开心，有时是哭的代替。

人人都有不为人知的酸楚，人人都有无人安抚的伤痛，

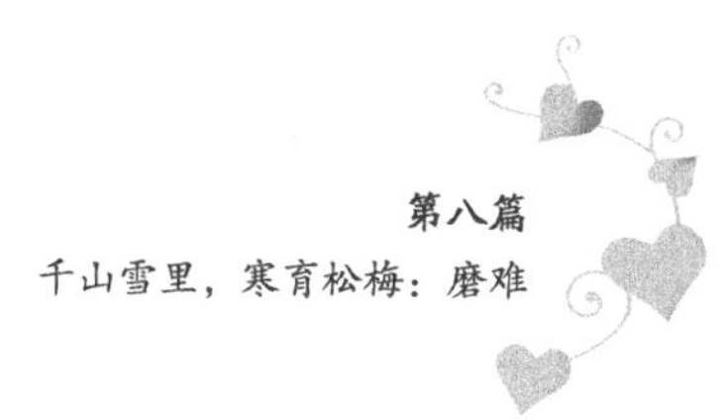

你羡慕别人的同时，怎知人家背后的难过。

人前，我们是无坚不摧的强者，人后，才是伤痕累累的自己。

世上，没有一份工作不辛苦，没有一处人事不复杂。

不要发脾气，谁都不欠你的。

不用太计较，取舍必有得失。

学着踏实前行，越努力越幸运。

当你有了足够的内涵做后盾，人生就会变得底气十足。

若是美好，叫作精彩；若是糟糕，叫作经历。

心若阳光，内心坚强！

人虽负我，因果不负；善因善果，恶因恶果。

善恶之报，如影随形；自作自受，无人代替。

因果不昧，善恶有报。

孤苦伶仃为何因？前世恶心侵算人。

功德无量自在身，讲说因果与众人；

显爵高官是何因？献金捐钱布施人。

吃过苦，尝过甜，还有几天就过年。

人挺累，心挺烦，起早贪黑为了钱。

柴米油盐酱醋茶，一天不干咱吃啥？
我的理想很简单，日子富裕人平安。

破锅自有破锅盖，傻人自有傻人爱。

该吃吃，该喝喝，啥事别往心里搁。

车到山前必有路，扔了汽车去跑步。

散散心，败败火，照照镜子还是我！
不管生活怎么累，调好心态去面对。

不要抱怨生活里有太多的磨难，不必慨叹生命中有太多的曲折。

磨难让你坚强，曲折使你成长。

品尝过苦涩，可体验快乐；
经历过泪水，可典藏幸福；
洗礼过汗水，可收获辉煌。

你的责任就是你的方向，

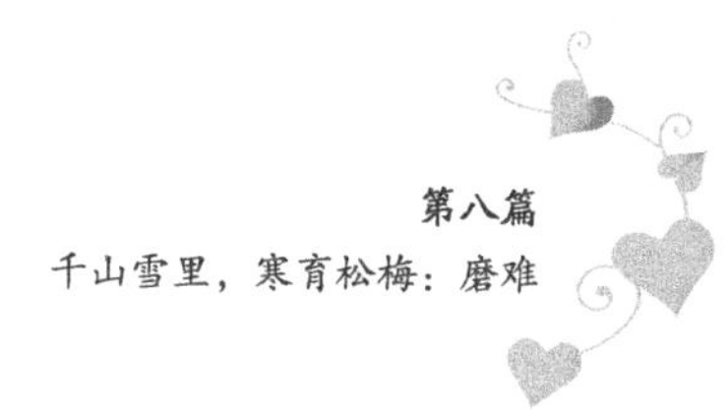

你的经历就是你的资本，你的性格就是你的命运。

不乱于心，不困于情，不谈亏欠，不负遇见。

最使人疲惫的往往不是道路的遥远，而是你心中的郁闷；
最使人颓废的往往不是前途的坎坷，而是你自信的丧失；
最使人痛苦的往往不是生活的不幸，而是你希望的破灭；
最使人绝望的往往不是挫折的打击，而是你心灵的绝望。
所以，我们凡事要看淡些，心放开一点，一切都会慢慢变好的。

人生之路，走走停停是一种闲适，
边走边看是一种优雅，边走边忘是一种豁达。

如果你是对的，就不用发脾气，
如果你是错的，就不该发脾气。

不论生活有多少挫折，请用嘴角上扬的弧度，
烦恼三千，不如淡然一笑。

快乐无处不在，幸福就在身边，关键在于你能不能发现。

烦恼，不想自然无，痛苦，忘记才幸福。

如果心中一直装着抱怨，就难有笑容，

心语·新语

如果心里一直放着仇恨，就难以释怀。

心伤了，就留下疤痕；
心碎了，就拼不完整；心累了，就寸步难行。

忘记不开心的，记住最快乐的，放下不值得的，
把委屈清空，把烦恼剔除，还心一片宁静，让心变得轻松。

人只有一颗心，千万要爱惜。

年轻的时候，有精力，有时间，可就是没钱；
到了中年，有钱了，有精力，唯独没有时间；
等到老了，有钱了，有时间，却没有精力。

人生总有缺憾，没有完美。

每个年龄都有与其相匹配的烦恼，
每个烦恼都会在某个地方等着你。

不要回避今天的真实与琐碎，
走好脚下的路，享受现在的年龄，珍惜当下的拥有。

烦恼和痛苦都不是因为事情本身，
而是因为我们加在这些事情上面的想法和观念。

人生有无尽的悲欢离合，不同的是每个人的心路。

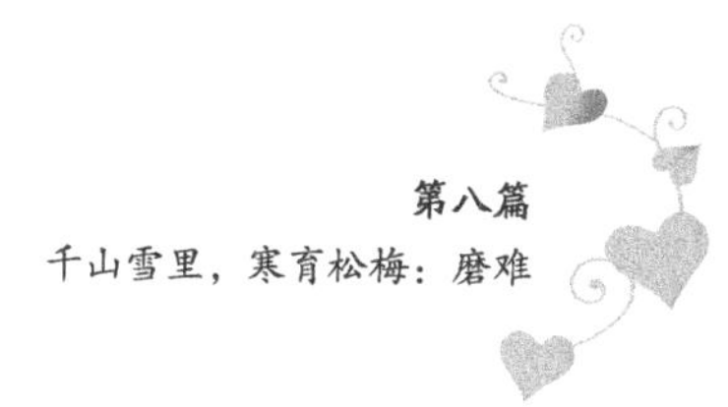

有遇见，就有分别；有惊喜，就有遗憾。

与其抱怨，不如遥看。

因为人生苦短，岁月悠悠，无论成功失败，
欢乐痛苦，盛衰荣辱，都如行云流水，一去不返。

自强者得乐，淡泊者无忧；作恶者招祸，为善者得福；
卑鄙者速朽，高尚者常青。

谁的人生敢说十全十美，谁的生活不是酸甜苦辣，
谁敢保证一直都是人生得志。

有喜有悲才是人生，有苦有甜才是生活。

无论是繁华还是苍凉，看过的风景，不必太留恋，
毕竟你不前行生活还要前行。

再大的伤痛，不要放在心上。

背着昨天追赶明天，会累坏了每一个当下。

轻装前行，才能感受到每一个迎面而来的幸福。

烦恼不过夜，开心才幸福。

赏尽春花，再想秋月；心有阳光，幸福常在。

人生不易，各有难处；人无完人，都有不足。

常怀慈悲心，体谅他人难处；常怀包容心，理解别人困处。

少计较，少比较，放过自己；不苛责，多欣赏，容纳万物。

烦恼天天有，不捡自然无。

心宽一分云消雾散，让人一步晴空万里。

有一种心安，叫念人恩；有一种轻松，叫忘人过。

被人帮，铭记于心；帮过人，淡忘于心。

不忘人恩，知恩图报；不记人过，心胸开阔；
不思人非，坦荡前行；不计人怨，踏实生活。

属于你的，没人能拿走；能拿走的，都不属于你。

人生如茶，茶味各异。

只能面对，不能逃避。

有缘的自会相伴，无缘的彼此擦肩。

心如碧波，没有畏惧；宁静如水，没有恐怖。

不在患得患失中迷茫，不在烦恼痛苦中沉沦。

人生如长行的火车，既遇繁华的城市，也沿贫瘠的乡村。

人生如旅行者，欣赏沿途的风景，留下温暖的记忆。

不羡慕谁，不埋怨谁，在自己的道路上，
欣赏自己的风景，遇见自己的幸福。

人生短暂，岁月维艰。

如果看开，就能多些快乐；如果计较，就会多些烦恼；

如果懂得，就会多些理解；如果努力，就会多些获得；

如果知足，就会多些幸福；如果放下，就会感觉轻松。

如果看淡，心境才会畅然，如果看开，心里才是晴空。

顺境中的生活，往往会造就人们贪图安逸的惰性；
挫折和艰辛，才能更好地洗涤人们的心灵，促成人生的成功。

人生最难的修行，其实就是与自己和解。

我们要明白自己真实的心，坚持修心能见自己的本性，
当一个人坚持修炼自己的时候，我们的本性才会显露出来。

我们要接纳自己的失败，接纳自己的平凡，
接纳生活给我们的千斤重担。

只要我们自己想得开，那么什么都不是事，

如果想不开，什么都是事。

人生要靠我们自己去闯，再苦再累，我们也要活得激情四射。

人的一生，注定要经历很多。

路上，有委屈的泪水，亦有朗朗的笑声；
路上，有懵懂的坚持，亦有收获的自信；
路上，有失败的警醒，亦有成功的喜悦。

每一段经历都注定珍贵，生活的美好缘于拥有一颗平常心。

人生路不必慌张，不必虚饰，你且踏踏实实做事，
简简单单做人，自会迎来属于自己的一片晴天。

真正的乐观不是盲目相信一切都会顺风顺水，
而是一种允许失败的心态。

了解自身的局限，正视失败的可能，
但仍然选择坚持自己的梦想。

带着积极向上的状态，不停尝试，不言放弃，
生活终会给我们想要的答案！

上天不给你困难，你又如何看透人心；

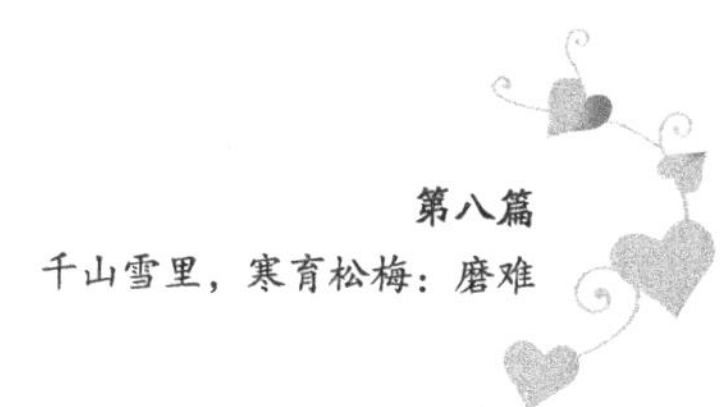

上天不给你失败，你又如何发现真假；
上天不给你孤独，你又如何进行反思；
上天不给你小人，你又如何提高智商。

有人让你哭，就有人让你笑；有人让你痛，必有人让你乐。

生命之所遇，有的是过客，有的是贵人，有的是朋友。

所有相见恨晚，其实恰逢其时。

随遇而安，随缘而定。